N&K

Ein eindrucksvoller Debütroman über eine Familie, die sich abgeschieden von der Außenwelt eine eigene Welt in einem einzigen Haus erschafft und einem Mädchen, das an die Grenzen dieser abgesteckten Realität stößt.

»In der Welt vor den Fenstern glaubt man, etwas so Großes wie die Sterne nähme keinerlei Einfluss auf so etwas Staubkörniges wie den Menschen. Dafür, dass wir wissen, dass es anders ist, möchte man uns in Flammen stecken«, sagte Großmutter immer.«

Tatjana von der Beek, geboren 1993, lebt und arbeitet in Leipzig. Sie studierte Literarisches Schreiben und Lektorieren in Hildesheim, war Mitherausgeberin der BELLA triste, Teil der künstlerischen Leitung des Literaturfestivals PROSANOVA 2017 und Finalistin des 23. Open Mike. Sie hat bereits in mehreren Zeitschriften und Anthologien veröffentlicht. »Die Welt vor den Fenstern« ist ihr Debütroman.

Tatjana von der Beek

Die Welt vor den Fenstern

Roman

NAGEL UND KIMCHE

1. Auflage 2023
Ungekürzte Taschenbuchausgabe bei NAGEL UND KIMCHE

Umschlaggestaltung von wilhelm typo grafisch, Zürich
Umschlagabbildung von by-studio/Shutterstock
Gesetzt aus der Centennial
von Pinkuin Satz und Datentechnik, Berlin
Druck und Bindung von CPI books GmbH, Leck
Printed in Germany
ISBN 978-3-312-01293-0
www.nagel-kimche.ch

Klimaneutral
Druckprodukt
ClimatePartner.com/15109-2009-1001

MIX
Papier
FSC FSC® C083411

Für Oma und Mama

Eins

Wenn ich an das Haus denke, fällt mir zuerst die Stille ein. Die Geräuschlosigkeit ergab ein Rauschen, nur gebrochen vom Wind, der gegen die Fenster presste. Manchmal hörte man den Holzboden, wenn Körper sich auf ihm bewegten. Der Boden knarrte, wenn jemand die obere Etage entlanglief. Ab und zu das Klappern von Tellern dazu, das Ausschlagen von Stoffen oder das Knacken von Tante Wegas Fingern. Ich glaube, dass ich das Geräusch von Wegas Fingern eine Weile dem Holzboden zuordnete. Ich stellte mir vor, wie jemand auf eine Bohle trat, die sich knackend gegen die beiden angrenzenden schob. Erst später kam das Bild dazu, wie Tante Wega einen Finger nach dem anderen zu ihrem Handgelenk drückte. Manchmal, wenn der Finger – in die eine Richtung gebogen – kein Geräusch von sich gab, dehnte sie ihn in eine andere. Wenn er auch dann nicht knackte, schüttelte sie die Hände aus und probierte es noch einmal mit mehr Druck und zusammengezogenen Augenbrauen. Wenn man Wega fragte, ob ihr das nicht wehtat, schüttelte sie heiter den Kopf, sodass ihre Locken sprangen.

Ich mochte Tante Wegas Warmherzigkeit und dass sie mich immerzu auf ihren Schoß bat, als Mutter es nur noch selten tat. Wenn ich einen Raum betrat, in dem sich Wega aufhielt, klopfte sie auf ihre Schenkel, sobald sie mich sah, oder warf mir die Arme entgegen. Nur wenn die Nacht den Tag ablöste, bekam Wega etwas Angsteinflößendes, Entrücktes. Ihre Augen wurden stumpf, wenn sie in den Sternenhimmel gesehen hatte, und ich ließ mich nicht mehr gern von ihr in den Arm nehmen. Sie schien außerdem plötzlich nicht mehr zu hören, was um sie herum geschah. Es war, als verlöre sie jeden Bezug zu uns.

Obwohl ich Wega selten im Haus begegnete, ist sie in meinen Erinnerungen sehr präsent. Beinahe vordergründiger als Mutter, die abwesend für mich blieb, selbst wenn sie bei mir war. Dieses Gefühl war nicht immer da gewesen. In den verwaschenen ersten Lebensjahren hatten sich Mutters Kreise nie weit von mir entfernt. Wenn ich auf den Arm wollte, musste ich mich nur an ihre Waden lehnen, die sich meist in unmittelbarer Nähe befanden. Zwischen der Berührung meiner Hand mit Mutters Bein und der Berührung von Mutters Hand mit meinem Kopf lag kaum ein Augenschlag. Sie kraulte mich, wenn sie noch ein Gespräch beendete. Ihr Kraulen war mechanisch, manchmal fast grob, aber es vermittelte mir das Gefühl, dass sie mich registriert hatte. Ich wartete geduldig, denn ich wusste, dass sie sich bei nächster Gelegenheit zu mir herunterbeugen würde. Ich kann mir nicht erklären, weshalb ich dennoch einige Jahre später anfing, mich völlig verloren zu fühlen, mutterseelenallein, als würde weder der Weg von Mutter noch einer der anderen dem meinen gleichen, als wäre mein Weg bestimmt dazu, abseits zu laufen. Ich begann früh, mich zu fragen, ob ich hergehörte; ob der Platz im Haus ausreichen würde für die Distanzen, die sich zwischen mir und Mutter aufbauten.

Es häuften sich Situationen wie jene, in der ich auf dem Sofa saß und einen Keks von einem Teller aß, während Mutter mit dem Rücken zu mir am Esstisch im Wintergarten Platz nahm. Als ich den Keks aufgegessen hatte, stand ich auf und lief zu ihr hinüber, aber genau in dem Moment, in dem ich am Tisch ankam, nahm Mutter den letzten Bissen von ihrem eigenen Keks und erhob sich. Ich verpasste sie, und sie verpasste mich. Manchmal fühlte es sich an, als stieße mich das Gefüge im Haus vor seine Mauern, doch mich umgaben immer nur die Wände, die ich nicht durchdringen konnte.

An vielen Tagen sah ich Mutter nur morgens, wenn sie mich aus dem Bett holte, bei den Mahlzeiten und dem Wäschewaschen, und alle paar Tage, wenn sie mich wusch. Trotz unserer wachsenden Entfernung badete Mutter mich weiterhin selbst, sobald ich sie darum bat, doch sie badete mich kalt. Meine Nägel wurden blau, und meist starrte Mutter an die Wand, weshalb manchmal einer ihrer Finger in meinem Auge landete. Ich denke, sie badete mich kalt, weil sie Großmutter nicht um Streichhölzer bitten wollte. Die Streichhölzer trugen Onkel Naos und Großmutter in den Taschen ihrer Kleidung. Wenn sie liefen, hörte man, wie die Streichhölzer in den Pappschachteln raschelten, und wenn man einen Ofen anmachen wollte, musste man erst Naos oder Großmutter finden. An manchen Tagen blieb Großmutter in ihrer Schlafkammer, die niemand ohne ihre ausdrückliche Erlaubnis betreten durfte. Dann mussten wir Naos darum bitten, das Feuer anzumachen, aber ich fragte lieber Großmutter. Sie nahm einen bei der Hand, ließ sich zum Ofen führen, zog die Streichholzpackung aus ihrer Schürze, und wenn das Holz brannte, ließ sie sie schnell wieder verschwinden. Es machte ein raschelndes Geräusch, wenn die Schachtel in die Schürze fiel, die Glut knackte, und Großmutter hielt meist kurz die Hände vor den Ofen, als könnte sie versehentlich kaltes Feuer gemacht haben. Die Stoffe im Haus waren durchsetzt mit dem Geruch des Qualms, der aus den Öfen stieg, wenn man die kleinen Luken öffnete, um Holz nachzulegen. Er mischte sich mit dem Geruch von Teig, der im Ofen buk, und mit dem schweren Parfum, das Großmutter zu Geburtstagen auflegte.

Der Qualm hing in allem, manchmal bildete ich mir ein, sogar in meiner eigenen Haut.

*

Es war meine Aufgabe, die Brüche im Porzellan mit Klebstoff zu kitten. Nachdem Großmutter und Mutter gestritten hatten, saß ich am Küchentisch und hielt Tellerhälften aneinander, bis meine Arme lahm wurden. Meistens quoll etwas Kleber zwischen den Hälften hervor, den ich vorsichtig mit einem Tuch entfernte. Es konnte auf keinen Teller verzichtet werden, weil es im Haus alles nur genau sechs Mal gab. Sechs Teller eines Gedecks, sechs dazu passende Tassen, Untertassen, Schüsseln. Auch das Besteck war abgezählt, und es gab kaum etwas, das überflüssig werden konnte oder nur für Einzelne bestimmt war. Ich verstand meist nicht, worüber sich Mutter und Großmutter stritten, ich hörte sie nur schreien, dass sich Großmutter das zu einfach vorstelle oder dass Mutter nicht helle genug wäre, um diese oder jene Sache zu machen. Die Streitigkeiten entstanden, wenn die beiden sich allein in einem Raum aufhielten. Deshalb kamen Onkel Naos und Wega meist dazu, wenn die beiden zu zweit in der Küche, der Bibliothek oder im Wohnzimmer waren.

Die Räume des Hauses sind in meiner Erinnerung groß, und fast jedes Möbelstück ragte mir über die Schultern.

Die Wände waren weiß, und die hölzernen Fensterrahmen und Türen so oft überstrichen, dass sie eins wurden mit den Wänden. An einem Ende der dunklen Diele auf der unteren Etage lag Großmutters Schlafkammer unter der Treppe und am anderen Ende die Besenkammer. Links und rechts von der Besenkammer gingen große Flügeltüren zur Küche und zum Wohnzimmer mit dem gläsernen Wintergarten ab. Ich war es gewohnt, durch die Türen von einem Zimmer in das nächste zu treten, doch einen Weg in die Welt vor den Fenstern gab es nicht. Unser Haus lag mitten auf einer großen Wiese, an dessen Rändern der Wald stand wie eine Wand. Kein Pfad, der daran erinnerte, dass die Welt größer war als das Haus und was man von seinen Fenstern aus sehen konnte. Der Garten vor dem Wohnzimmer war verwildert, denn es war verboten, das Haus zu verlassen. Die Rinden, die wenigen eingegangenen Blumen, die Gräser und Moosflächen vor den Fenstern waren oft mit Frost überzogen, selten mit Schnee. Im Wohnzimmer hatten wir einen Kamin, vor dem sich drei Ledersofas mit je zwei Plätzen befanden. Neben dem Kamin beim Fenster stand ein Sockel mit einer großen Glasglocke darauf, unter die wir unsere Wünsche legten. Im Wintergarten stand ein großer Tisch mit sechs Stühlen. Das Wohnzimmer war klar strukturiert, ordentlich und hell, die Küche aber war zusammengewürfelt und düster. Die paar Stühle um den kleinen Küchentisch passten nicht zusammen, und über die Wände zogen sich lange Regalbretter, auf denen vereinzelte Stapel von blau-weißem Porzellan standen. Der Ofen war von einer alten hölzernen Arbeitsfläche eingefasst, in die eine verrostete Spüle eingelassen war. Auf der Arbeitsfläche ergaben Messerschnitte und Kerben ein unregelmäßiges Muster. Die Gebrauchsspuren sahen aus wie auf einem Schneidebrett; die Kerben waren manchmal so tief, als hätte jemand mit einem groben Messer in das Holz geschlagen.

Auf der oberen Etage befand sich das enge Bad, und zwischen den Türen zu meinem und zu Alrischas Zimmer gab es einen Bogen in der Wand, der in die Bibliothek führte. Dort säumten Bücher über die Astronomie, die Mythologien und Sternzeichen die massiven Regale, und wir bekamen Unterricht an einem kleinen Tisch in der Mitte des Raumes. Auf der anderen Seite des Flures führte eine Tür in einen Nebenflur, an den zwei weitere Zimmer anschlossen. Ich habe diesen Teil der Etage lange nicht betreten, denn die Erwachsenen nannten ihn die kinderfreie Zone, und daran hielt ich mich. Alrischa freute sich darauf, später einmal die kinderfreie Zone betreten zu dürfen, doch ich ging davon aus, dass dahinter einfache Zimmer lagen, wie die anderen Zimmer auch – mit Betten für Mutter, Naos und Wega, kargen Wänden, Schränken voll weißer und schwarzer Stoffe, Garderobenständern und klebenden Kerzentellern.

Mich begleitete früh ein argwöhnisches Gefühl. Manchmal dachte ich, es sei die Ursache dafür, dass die anderen sich seltsam fern anfühlten – weil ich zweifelte und sie nicht. Ich widmete mich den Aufgaben, die mir im Haus aufgetragen wurden, deshalb mit äußerster Sorgfalt, denn sie fügten mich ins Haus ein und machten mich für die anderen unverzichtbar. An manchen Abenden überkam mich eine Erleichterung, wenn ich mich einen ganzen Tag den Aufgaben und dem Gefüge im Haus vollkommen hatte hingeben können. Meine Aufgaben beim Backen brachte mir Großmutter bei. Eines Vormittags bat sie mich in die Küche und hatte auf der Arbeitsfläche eine Reihe großer und kleiner Schüsseln aufgestellt. Darin Pulver in heller und dunkler beiger Färbung, die ein Spektrum von grob zu fein abbildeten. Großmutter erklärte mir, welches Mehl aus Weizen, Dinkel oder Gerste war. Sie zeigte mir Zucker in verschiedener Körnung, Backpulver, Kakao, Natron, Salz, Vanillezucker und Stärke, die quietschte, wenn man den Löffel reinsteckte. Während ich an den Pulvern roch, holte Großmutter eine Flasche Hafermilch und die Butterschale aus dem Vorratsschrank und eine Waage mit Gewichten aus dem Regal. Sie stellte vor jede Zutat ein Gewicht, nahm sie wieder weg und ließ es mich nachmachen. Ich brauchte vier Versuche, um die Gewichte den richtigen Pulvern zuzuordnen, aber Großmutter blieb geduldig. Es wurde meine Aufgabe, die Backzutaten genau abzuwiegen, bevor Großmutter sie zu Teig verarbeitete, der dann von Onkel Naos gebacken wurde. In eine Waagschale legte ich das Gewicht, und auf die andere gab ich vorsichtig die Zutat, bis beide Schalen auf genau gleicher Höhe standen.

Ich war außerdem mit Teilen des Wäschewaschens betraut. Wir mussten jedes Kleidungsstück morgens durch ein frisches ersetzen, wenn wir das nicht taten, geriet der Waschrhythmus aus dem Takt. Wir trugen beinahe nur weiße oder schwarze Kleidung, alle die gleiche Farbe, bis der Korb im Badezimmer voll war. Dann ließ Mutter Wasser in eine große Blechwanne ein, flockte mit einem Messer etwas Kernseife hinzu, das Wasser wurde trüb, und Mutter drückte jedes Teil einzeln unter. Die Stoffe bildeten Luftbeulen, dann erst sackten sie unter der Schwere des Wassers zusammen. Mutter weichte die Stoffe gründlich ein, und eines Tages stellte sie die zweite Blechwanne auf und brachte mir das Bleichen bei. Sie kniete sich auf die Fliesen und deutete auf die Stelle neben sich. Niemand sonst verstand es so wie sie, mit einer einzigen Bewegung glasklare Anweisungen zu geben. Ich hockte mich daneben, wir beugten uns mit krummen Rücken über die Wanne, und Mutter tröpfelte eine Flüssigkeit ins Wasser, die silbrig leuchtete. Sie tauchte jedes weiße Teil einzeln ein, versicherte sich immer wieder mit einem Blick, dass ich wirklich zusah. Wir wrangen die Stoffe danach gemeinsam unter kaltem Wasser aus, bis nur noch klare Flüssigkeit aus dem Stoff trat. Dann nahm ich die Teile und legte sie zum Trocknen über das Treppengeländer. Das Bleichmittel hinterließ einen Film, der meine Hände für ein paar Tage taub machte.

*

Wenn ich mich langweilte, ging ich die Flure des Hauses ab. Ich stellte mich mit der Schulter an eine Wand und setzte einen Fuß vor den anderen, so eng, dass sich die Ferse und die Zehen jedes Mal berührten. So lief ich zwischen den Türen hin und her, bis ich sicher war, dass ich jede Stelle des Bodens betreten hatte. Ich balancierte auf den Türschwellen und drehte meine Haare um die Finger. Manchmal schweifte meine Fantasie ab, und ich stellte mir vor, wie ich meine Füße in die Wiese vor den Fenstern setzte. Einmal fragte ich Mutter, ob sie mir einen Weg zur Wiese zeigen könnte. Sie starrte mich nur an und schlug mir mit der flachen Hand ins Gesicht. Das Klatschen hallte von den Wänden wider und ich sah für den Rest des Tages errötet aus.

Stundenlang muss ich gelangweilt die Flure abgelaufen sein, aber es kam selten vor, dass jemand durch den Flur kam oder mich von meiner Langeweile erlöste, indem mein Name gerufen und ich um etwas gebeten wurde. Ich sehnte mich nach Sätzen wie »Maia, komm, ich zeig dir, wie man den Teig knetet« oder »Maia, es ist Zeit für eine Geschichte«. Es blieb still im Haus, und manchmal war es, als lebte niemand außer mir.

Die meisten Zusammenkünfte außerhalb der Mahlzeiten verpasste ich. Immer wenn im Haus etwas Besonderes passierte, war ich nicht dabei. Ich erfuhr erst später davon, wenn ich mich zu Alrischa aufs Bett setzte, sie sich eine Kerze vors Gesicht hielt und erzählte, was Onkel Naos für ein peinliches Tänzchen hingelegt hatte. »Du hättest sehen sollen, wie er die Beine geworfen hat, es sah aus, als hätte er einen Anfall«, flüsterte Alrischa kichernd und blickte sich um, als hätte sie die Befürchtung, den großen, breiten Onkel Naos im Zimmer übersehen zu haben.

Alrischa war meine Cousine und vier Jahre, zwei Monate und dreizehn Tage älter als ich. Als ich noch klein war, konnte sie alles besser als ich und legte besonderen Wert darauf, dass es jeder mitbekam. Auch Tante Wega wurde nicht müde, vor Mutter zu betonen, was Alrischa im Vergleich zu mir schon konnte. Irgendwann verlangsamte sich Alrischas Entwicklung aber, als hätte ein Teil ihrer Persönlichkeit zu lahmen angefangen. Sie kleckerte beim Essen auf ihre Kleider, ihr Schriftbild nahm keine Beiläufigkeit an, und sie hatte Angst, wenn sie nachts allein im Bett lag. Wenn Alrischa von der Angst befallen wurde, kam sie in mein Zimmer geschlichen. Mondlicht fiel durch die Scheiben auf die Daunendecke, sie steckte den Kopf durch die

Tür und fragte: »Bist du auch noch nicht müde?« Sie tapste zu mir, ich rückte etwas näher an den Rand der Matratze, und wenn sie sich neben mich gelegt hatte, streifte ich eine Hälfte der Bettdecke über ihren langen Körper. Dann flüsterte sie: »Die Zwillinge haben recht, wir sollten Astronauten werden.«

»Argonauten, Alrischa, nicht Astronauten. Castor und Pollux nahmen an der Argonautenfahrt teil.« Das wusste ich aus der Sage, die Großmutter uns oft vorlas. Castor und Pollux sind die Hauptsterne im Sternbild Zwilling. Es wunderte mich, dass Alrischa das nicht wusste, weil sie vom Sternbild Zwilling besonders hingerissen war. Aber Alrischa zuckte mit den Schultern und schmiegte sich stumm an meinen Arm. Wir schwiegen beide, schauten durch die Scheibe in den Himmel, und manchmal, wenn Alrischa anfing, unregelmäßig zu atmen, sagte ich: »Weißt du, selbst die Sonne ist nur ein Stern, ein ziemlich durchschnittlicher sogar. Wichtig für die Erde, aber unbedeutend für den Weltraum. Es gibt 200 Milliarden Sonnen in unserer Galaxie, und unsere Galaxie ist eine von vielen Milliarden.« Ich erzählte Alrischa von den Sternen, bis sie einschlafen konnte.

Ich überholte Alrischa, wurde ihre Beschützerin, und je stiller sie wurde, desto mehr sah man mich als diejenige an, die schon Verantwortung übernehmen konnte. Trotzdem fühlte ich mich ihr nicht überlegen, denn sie hatte etwas, das mir unerreichbar schien. Sie hatte einen Vorsprung in der Nähe zu ihrer Mutter, den ich nie aufholen würde. Manchmal wurde ich eifersüchtig, dass Wega Alrischas Mutter war und nicht meine. Es erschien mir logisch, dass Wega auch meine Mutter hätte sein sollen, denn sie war offensichtlich besser dazu in der Lage als Mutter selbst. Wenn es dazu kam, dass Wega mich ins Bett brachte, sagte ich zu ihr: »Wollen wir spielen, dass ich das Baby wäre und du wärst die Mutter und ich würde ganz doll weinen und du müsstest mich trösten?« Dann nahm Wega mich auf ihren Schoß, ich kugelte mich so klein ich konnte, und sie wiegte mich in ihren Armen, bis ich einschlief.

Wenn Alrischa und Tante Wega nebeneinandersaßen und sich unterhielten, konnte ich manchmal nicht hinsehen, denn sie teilten sich eine Zahnlücke. Sie war nicht zu übersehen, wenn sie lachten oder redeten, ein großer, glücklicher Schlitz zwischen ihren gelben Schneidezähnen. Einmal nahm ich mir eine Nagelfeile und versuchte, mir auch eine zu machen. Ich stülpte die Lippe nach oben und setzte an den großen, mittigen Zähnen an. Dann rieb ich, so fest ich konnte, doch statt einer Zahnlücke bekam ich einen halb abgebrochenen Schneidezahn. Es schmerzte schrecklich, und ich konnte lange nur lauwarmes Essen zu mir nehmen. Statt der Zahnlücke, die mich mit Wega und Alrischa verbunden hätte, bekam ich ein Merkmal, das nur mir gehörte und um das mich niemand beneidete.

Manchmal dachte ich, dass das Universum sich getäuscht haben musste, dass Wega nicht auch meine Mutter und mir keine Zahnlücke angeboren war. Es ließ mich daran zweifeln, dass die Dinge ihre Richtigkeit hatten. An manchen Tagen verwandelten sich die Zahnlücken in Alrischas und Wegas Gesichtern zu Fratzen. Sie wurden unwirklich, absurd beinahe. Genauso war es mit den Geschichten, die die Erwachsenen uns erzählten, oder mit den Dingen, die Großmutter Alrischa und mich an den Vormittagen lehrte. Die Worte im Haus verwandelten sich in eine Sprache, die ich nicht mehr verstand. Ich entfremdete mich schlagartig von ihnen, wie wenn ich meinen eigenen Namen ganz oft vor mich hinsagte, bis er mir nicht mehr wie mein eigener vorkam.

Wenn das entfremdete Gefühl in mir zu stark wurde, erinnerte ich mich selbst daran, dass die Form meines Körpers der von Wegas ähnelte. Klein und weich, nicht hoch und hager wie die Körper von Mutter, Alrischa und Großmutter. Großmutter und Mutter teilten sich den strammen Gang, den Dutt und den Perfektionsdrang, Naos und Wega die raue Stimmfarbe und die Gelassenheit, und Alrischa und ich das Dasein als Kind. Manchmal, wenn ich diese Gedanken lange genug wiederholt hatte, verstand ich die Sprache im Haus wieder, und mein Name klang für mich wieder wie mein eigener.

*

Eine Sache, die sich für mich nie veränderte, war das Verhältnis zu meiner Puppe Electra. Großmutters Geburt lag am weitesten zurück, dann die von Onkel Naos, Mutter, Wega und Alrischa. Meine Geburt war die letzte gewesen, und manchmal fragte ich mich, ob ich deshalb etwas verloren war, am Ende der Alterskette, nicht eingefasst von zwei Personen. Dafür trug ich Electra immer bei mir. Sie hatte grobes Haar aus dicker gelber Wolle, Knopfaugen, und trug eine blaue Hose mit einem weißen Hemd, keine Schuhe oder Socken. Ihre Wangen waren zwei kleine rote Kreise und der Mund war als ein Lächeln genäht worden. Ich gab Electra auch nicht her, nachdem sie zerschlissen wurde und ein Auge verloren hatte. Als Electra ihr Auge verlor, saß ich mit ihr auf der Bank am Küchentisch, und wir beobachteten Mutters Silhouette vor den milchigen Scheiben. Ich ließ meine kleinen Füße gegen die Schubladen unter der Bank knallen, die Schüsseln darin klirrten, aber Mutter schien es nicht zu hören, als säßen Electra und ich unter einer Glocke. Ich begann, an Electras Knopfaugen herumzuknibbeln, meine Haut fast so rau wie ihre beige Haut aus Stoff. Plötzlich löste sich ein Auge, fiel unter den Tisch und kullerte über den Dielenboden fast bis zu Mutter. Wo vorher das Auge gewesen war, waren nur noch stumpfe Fäden.

Als ich Mutter sagte, dass Electra kaputtgegangen war, antwortete sie: »Wenn du eine neue willst, musst du Electra abgeben. Du kannst nur einen eigenen Gegenstand besitzen, wie wir alle.« Es war eine der ersten Regeln, die ich über unser Leben lernte. Mutter besaß einen besonderen Füllfederhalter aus Silber, Onkel Naos gehörte das Grammophon im Wohnzimmer, und Tante Wega hatte eine Sonnenbrille. Ich hatte Electra, Großmutter eine Polaroid-Kamera, und Alrischa wechselte ihren Gegenstand ständig. Dafür schrieb sie einen Brief und legte ihn unter die Glasglocke im Wohnzimmer neben dem großen Fenster. Bald darauf verschwand der alte Gegenstand aus dem Haus und der neue tauchte irgendwo auf. Zwischen den Laken hervorguckend, hinter den Sofas im Wohnzimmer liegend, an einer Wand lehnend. Auf die Frage, wie die Gegenstände auftauchten, bekam ich keine Antwort.

Wenn die Zutaten für unser Essen sich leerten, stellten wir die Aufbewahrungsgläser auf kreisrunde Stellen, die über den ganzen Küchenboden verteilt waren. Wir mussten vorsichtig sein, sie nicht umzuwerfen, bis sie nach einer Weile wieder voller wurden. Wenn die Zutat sich schon gegen den Deckel drückte, stellte Naos sie zurück in den Vorratsschrank.

»Wo kommt das neue Mehl her?«, fragte ich ihn einmal. Er antwortete: »Das Mehl dringt aus dem Boden in die Gläser. Ganz langsam dringen die Zutaten herein, und nur dann, wenn sie genau auf den Kreisen stehen.« Ich konnte Naos nicht recht glauben und legte mich immer wieder flach neben einem Glas auf den Küchenboden. Ich versuchte zu erkennen, wie die Menge darin wuchs, doch nichts passierte. Einmal versuchte ich eine Markierung auf das Glas zu malen, doch kein Stift hielt auf der glatten Oberfläche, und wenn ich einen Finger an die Füllhöhe der Zutat hielt, wurde mein Arm bald schwer. Ich verlor die Geduld und wurde unsicher, ob die Menge nun noch gleich war oder nicht. Wenn meine Ungeduld zu groß wurde, verließ ich die Küche, und wenn ich das nächste Mal nachschaute, war das Glas sichtlich voller; wie Naos es gesagt hatte. Den Vorgang niemals mit meinen eigenen Augen beobachtet zu haben hinterließ ein beklommenes Gefühl in mir. Als ich einmal Mehl neben einem der Gläser auf dem Boden entdeckte, fragte ich: »Wie kommt das Mehl dahin?«

Großmutter antwortete: »Wächst dir manchmal ein Haar an einer Stelle, wo sonst kein einziges Haar wächst?«

Ich dachte an das kleine borstige Haar, das sich an meinem Hals befand, weit entfernt vom Haaransatz, und nickte.

»So ist es auch beim Mehl, das aus dem Boden dringt. Manchmal dringt es an einer ungewöhnlichen Stelle hervor.«

Im unteren Flur stapelte sich das Holz, das wir in den Öfen verbrannten. Es überragte meinen Kopf und schrumpfte nicht, so viel wir auch heizten. »Der Boden arbeitet, das Holz wächst und quillt an dieser Stelle quasi über. Es wachsen die Holzscheite daraus, verstehst du?«

Manche Dinge leerten sich gar nicht. Die schweren Tintenfässer standen voll, es war niemals ein Unterschied in ihrer Füllmenge erkennbar. Die Papierstapel behielten ihre Höhe, die Scheren und Messer wurden ab und zu von Naos an einem Stein scharf geschliffen. In der Bibliothek passten alle Bücher, wenn man sie korrekt nach Titel sortierte, genau auf die Böden, keines mehr und keines weniger. Es kam immer die gleiche Menge Wasser aus den Hähnen, abgebrannte Kerzenstummel wurden in eine Box gelegt, in der sie nachwachsen konnten. Sie wuchsen unregelmäßig, manche waren nach zwei Nächten wieder so groß, dass sie kaum noch in die Box passten, andere brauchten viele Nächte dafür. Auch die Eier hatten einen Kasten auf dem Boden, durch den der Boden uns frische gab. Die Kernseife, die wir für das Geschirr, die Wäsche und unsere Körper verwendeten, gedieh in einem Holzkasten im Flur, den man nur alle sechs Nächte öffnen durfte, wenn die Seife fertig war, denn jede Helligkeit während des Wachstums der Seife hätte sie zerstört.

Das Haus und sein Eigenleben hatten etwas Magisches, und ich befürchtete, dass etwas kaputtgehen würde, wenn ich hinter die Raffinessen und Erzählungen schauen würde. Es schien, als hätten sich die anderen nie dafür interessiert, wie das Haus funktionierte. Manchmal waren sie genervt davon, Fragen gestellt zu bekommen, und antworteten formelhaft und knapp. Manchmal fragte ich mich, ob die vieldeutigen Blicke der Erwachsenen beschwören wollten, dass ich eines Tages die genau gleichen Antworten auf diese Fragen sprechen würde. An manchen Tagen sah man wohl auch in meinen Augen den Glanz, den die Magie des Hauses auslösen konnte, wenn man ihr nur glaubte.

*

Je älter ich wurde, desto mehr fielen mir Merkmale auf, die jede für sich allein hatte. Großmutter hatte die grauen Haare für sich, Onkel Naos den Bart und das schüttere Haar, Mutter trug am liebsten die schwarze Kleidung und Tante Wega die weiße. Alrischa bastelte jeden Tag etwas, ich hatte Electra, Mutter lachte nicht, und Großmutter gab die Antworten auf jede Frage vor.

Eines hatten alle Erwachsenen gemeinsam, sie konnten gut zudecken. Sie schüttelten die Decke über einem aus und ließen sie so sinken, dass sie genau auf einem lag und kein Fingerchen hervorlugte. Dann steckten sie die luftige Decke fest um die Füße und, wenn man wollte, den gesamten Körper entlang. Sogar Onkel Naos konnte gut zudecken, der sonst wenig Feingefühl besaß. Einmal wollte Naos Wega seine Kinderliebe demonstrieren und kitzelte mich so lange, bis ich schrie und japste. Er hörte erst auf, als Wega ihn darum bat: »Maia kriegt keine Luft mehr, Naos, lass gut sein.« Sonst saß Naos meist lesend auf dem Sofa, blieb unbeteiligt an Gesprächen oder hielt Nickerchen. Ich habe keine frühen Erinnerungen an ihn. Vielleicht, weil er sich wenig um mich als Kleinkind geschert hatte. Ich fand ihn immer etwas merkwürdig und vermied es, mit ihm allein zu sein. Auch der Schwefelgeruch aus seinem Mund ließ mich einen gewissen Abstand halten.

Großmutter sah Naos hingegen als einen Verbündeten. Sie bildeten eine Einheit, Naos sprang für Großmutter ein, wenn sie einen schwachen Tag hatte, sie gaben die Abläufe vor und hatten meist das letzte Wort, wenn Entscheidungen zu treffen waren. Großmutter ließ sich am liebsten von Naos stützen, wenn sie lange gesessen hatte und ihre Hüfte schmerzte. Sie übersah Naos' Fehler großzügig und besserte sie aus, ohne Wirbel darum zu machen. Ähnlich wie Naos genossen Wega und ich die Nachsicht von Großmutter; zu Mutter und Alrischa war sie allerdings harsch und fordernd. Wenn Alrischa beim Wischen des Bodens eine Stelle vergessen hatte, fuhr ein Schrei durch das Haus. Großmutter lief in den Flur und rief die Treppe hoch: »Alrischa, herrje, es ist nicht ordentlich gewischt!« Meist verstrich ein Moment absoluter Stille, bis in Alrischas Zimmer der Boden knarrte und leise die Tür aufging.

Ich fand es mit Großmutter gemütlich. Sie wandte sich mir mehr zu, je älter ich wurde. Es schien mir, als sähe sie mich zunehmend als gleichwertiges Gegenüber. Ab und zu setzte sie mich in den großen Ohrensessel in der Bibliothek, stieg die kupferfarbene Leiter hinauf, die an den hohen Regalen lehnte, und nahm von den Regalböden dicke Bücher, die Tante Wega eigenhändig in Papier geschlagen hatte. Dann drückte sie sich neben mich in den Sessel und las mir vor. Sie las vor, dass Maia zum Sternbild Stier gehörte, das auch mein Geburtszeichen war; dass die Sterne so weit weg waren, dass sie für uns auch dann noch leuchteten, wenn es sie längst nicht mehr gab; dass Electra und Maia zum Plejaden-Nebel gehörten; und dass sich Sterne dann zum ersten Mal bewegten, wenn sie unter der eigenen Schwerkraft kollabierten. Ich lernte, dass Maia ein schwacher Stern war und dann zu sehen, wenn der Himmel transparent war. Fast alles, was ich über die Sterne weiß, hat mir Großmutter anhand der Bücher in der Bibliothek beigebracht. Sie lernte mit mir die hellsten Sterne im Plejaden-Nebel auswendig. Maia, Electra, Pleione, Atlas, Alcyone, Asterope, Merope, Celaeno und Taygeta. Sie las mir vor, dass in der griechischen Mythologie die Plejaden Nymphen und die Begleiterinnen der Artemis gewesen waren, die sich in Tauben verwandelten und sich als Nebel in den Himmel setzten. Großmutter sagte mir oft, dass ich die schlauste im Haus war und dass wir daraus etwas machen sollten. Sie hielt unseren Einzelunterricht geheim, und wenn Alrischa und ich alle paar Tage gemeinsam von Großmutter unterrichtet wurden, wirkte es so, als sei sie genervt davon, dass Alrischa auch dabei war. Alrischa und ich saßen ordentlich gekleidet und mit gekämmten Haaren am Unterrichtstisch in der Bibliothek, und Großmutter nahm meist im Sessel Platz. Ganz am Anfang lernten wir Lesen und Schreiben von ihr, und als wir es beherrschten, lernten wir zunächst die zwölf Tierkreiszeichen – Widder, Stier und Zwillinge; Krebs, Löwe und Waage; Jungfrau, Skorpion und Schütze; Steinbock, Wassermann und Fische. Wir lernten, sie zu schreiben, auf Abbildungen zu erkennen und sie schließlich auf Millimeterpapier in exakter Verkleinerung nachzuzeichnen. Jeden Tag holte Großmutter ein anderes Buch aus den Regalen. Als wir die Tierkreiszeichen durchgenommen hatten, hörten wir die Geschichten aus der Mythologie, die mit den Sternzeichen in Verbindung standen – die Sage um die Zwillinge Castor und Pollux und die Argonauten; um den Stier von Kreta; um Demeter und Persephone. Wir lernten sie auswendig, Großmutter berichtigte jede Wortabweichung, und als wir sie schließlich fehlerfrei wiedergaben, studierten wir weitere Sternzeichen, die nicht zu den Geburtszeichen gehörten, und deren Mythologien. Wir lasen die Sagen um Sisyphus, Achill und Herkules und kamen über die Dioskuren schließlich bei der Astronomie an, sprachen über Galaxien, Lichtjahre und darüber, wie Sterne entstanden und vergingen. Großmutter runzelte die Stirn, während sie durch die Bücher blätterte und sich die nächsten Fragen für uns überlegte.

»Wie viele Sonnen gibt es in unserer Galaxie?«, fragte sie. Ich lehnte mich auf die Tischplatte, stützte den Arm, mit dem ich mich meldete, und schnipste, denn ich wollte unbedingt, dass Großmutter mich drannahm. Aber Alrischa wartete oft nicht, bis sie dran war, und so antwortete sie: »200 Milliarden. Ungefähr.«

Großmutter nickte. »Du warst aber nicht dran, Alrischa.«

Sie fragte weiter: »Wie heißt unsere Galaxie?« Ich ließ meine Hand sinken. »Milchstraße!«, antwortete ich schnell. Großmutter lächelte und wandte sich mir zu. »Nenn mir ein paar veränderliche Sterne.«

Ich antwortete grinsend: »Maia! Und Mira, Algol, Elthor … Es gibt Unmengen.«

»Und was heißt das, veränderlicher Stern?«

»Sie schwanken in ihrer Helligkeit, zum Beispiel durch Luftunruhen der Erdatmosphäre oder durch Veränderungen der Leuchtkraft, die nicht erklärt werden können.«

»Nenn mir ein paar Doppelsterne!«, forderte Großmutter dann Alrischa auf, deren Augen aufleuchteten. »Alrischa und Castor! Und …«

Sie stockte kurz, aber Großmutter wollte nicht warten.

»Maia, hilf ihr.« Ich antwortete: »Alpha Centauri A und B, Wega, Mira, Antares – zum Beispiel.«

»Und in welche Kategorien gliedern sich die Doppelsterne?«

»Physische und optische«, antwortete Alrischa schnell. »Du warst nicht dran!«, tadelte Großmutter. »Maia?«

»Und geometrische.« Großmutter nickte zufrieden.

Wir lernten, dass nicht jede von uns nach einem Stern im eigenen Sternzeichen benannt sein musste, so wie Alrischa und ich. »Das Sternzeichen Leier, in dem Wega steht, und das Sternzeichen Fuhrmann, in dem mein Stern steht, sind nicht unsere Geburtszeichen, wie ihr wisst«, erklärte Großmutter, und wir nickten. Unsere eigene Astrologie richtete sich nicht nach den Geburtstagen, sondern nach unseren Namenssternen. Sie zeichneten uns, formten uns und ordneten uns zueinander ein. Es war, als hielten wir genau bemessene Abstände zueinander ein, und gleichzeitig waren wir aneinander gebunden, so als existierten unsichtbare Fäden zwischen uns. Je mehr ich unseren Namenssternen auf den Grund ging, umso logischer erschien es mir, dass Großmutter und Tante Wega so stark waren, so zufrieden und sicher, leicht, aber entschieden, denn sie waren helle Sterne. Mutters Stern Spika hingegen war etwas schwächer und stand für drei Monate im

Jahr mit Wegas und Großmutters Stern Kapella am Himmel. Es kam mir vor, als konkurrierten Großmutter und Mutter zu dieser Zeit besonders miteinander; als lägen alle Stärken von Mutter in noch deutlicherer Form bei Großmutter vor und als kehrten sich Mutters Schwächen bei Großmutter in Stärken um. Großmutter überstrahlte Mutter im Grunde. Es war, als akzeptierte Großmutter, dass Wega mit ihr am Himmel stand, weil sie ohnehin beide gut sichtbar waren, nicht aber, wenn Mutters Spika es auch tat. Spika stellt im Sternbild Jungfrau die Kornähre dar. In der sumerischen Mythologie schickte Inanna, die mit dem Sternbild Jungfrau verbunden wird, den Stier auf die Erde, um Gilgamesch und Enkidu zu bestrafen. Auch am Himmel geht mit dem Aufgang des Sternbildes Jungfrau das Sternbild Stier unter, zu dem Maia gehört. Vielleicht verpassten Mutter und ich uns deshalb im Haus, funktionierten wie gegenpolige Magneten, genauso wie sich die Sternbilder Jungfrau und Stier am Himmel verpassten. Alrischa war wie Maia ebenfalls kein besonders starker Stern, nur stand er allein im Sternbild Fische und nicht in einem Nebel wie Maia mit Electra und vielen anderen Sternen, die zwar immer noch Lichtjahre voneinander entfernt waren, von der Erde aus aber ein gemeinsames Bild ergaben. Ich fragte mich, ob Alrischa sich noch einsamer fühlte als ich und ob sie deshalb ständig ihren Gegenstand wechselte – weil nichts zu ihr zu passen schien, so wie Electra zu mir passte. Wenn man die Sterne im Sternbild Fische durch Linien miteinander verbindet, gehen von Alrischa zwei deutliche Wege ab. Es war, als stünde der Stern Alrischa an der Gabelung zweier Wege, die stark auseinanderstrebten, und manchmal dachte ich, meine Cousine Alrischa könne sich nicht entscheiden, welchem Weg sie folgen wollte – ob sie erwachsen werden oder Kind bleiben wollte –, und blieb deshalb einfach stehen. Alle Sterne im Sternbild Fische sind schwach, es ist von düsteren Sagen umgeben, und plötzlich dachte ich, dass es gut war, dass Alrischa Wega zur Mutter hatte, die deutlich und hell am Himmel stand. Ich verstand auch, warum Großmutter Naos mit Nachsicht behandelte und ihn als Verbündeten sah, denn sein Stern stand besonders kurz am Himmel, genau dann, wenn Kapella es nicht tat. Sie ergänzten sich perfekt, einer von beiden Sternen war immer da, und doch hatte Kapella deutlich Überhand.

Teile dieser Erkenntnisse sprach ich im Unterricht aus und besprach sie mit Großmutter. Ich sagte: »Wega und du, ihr seid genauso stark, wie eure Sterne es sind!« Und: »Inanna schickt den Stier auf die Erde; am Himmel geht mit dem Aufstieg der Jungfrau der Stier unter; und so betreten und verlassen Mutter und ich oft die Räume im Haus.« Oder: »Deshalb kann Alrischa sich nicht für einen Gegenstand entscheiden. Alrischa steht in ihrem Sternbild an der Gabelung zweier Wege.«

»Gut beobachtet«, antwortete Großmutter. »Du heißt

nicht ohne Grund wie ein Stern. Es ist tatsächlich so: Wir funktionieren genau wie die Sterne. Ähnlich wie die Mythologie in ihren Geschichten die Bewegungen am Himmel aufgreift – wie mit dem Untergang von Spika der Stier aufgeht –, so wiederholen auch wir diese Geschichten in unserem Gefüge.«

»Können wir also rein gar nichts wählen?«

Großmutter zögerte. »Je eher wir das Schicksalhafte des Lebens akzeptieren, desto eher können wir weitergehen.«

»Und warum habt ihr mich Maia genannt? Man sieht ihn so selten. Sieht man mich denn nicht?«

Großmutter schmunzelte. »Schwache Sterne sind für die, die bereit sind, ganz genau hinzusehen«, sagte sie und zwinkerte mir zu.

*

Naos stellte mir ein Teleskop ins Zimmer, sobald ich groß genug geworden war, um eigenständig hindurchzusehen. In jedem Schlafzimmer gab es eins, außerdem in der Bibliothek und im Wohnzimmer. Anfangs sah ich nicht viel, doch die Erwachsenen zeigten mir, wie ich das Teleskop einstellen und welchen Ausschnitt ich wählen musste; wie ich es pflegte und wie ich das Okular ordentlich säuberte. »Deine Augen müssen sich an die absolute Dunkelheit gewöhnen. Keine Kerze, kein Ofen darf in der Nähe sein, damit du optimal sehen kannst«, erklärten sie mir. Auch der Mond beeinflusste die Sicht. Bei Vollmond war es schwieriger, schwache Sterne zu erkennen, und natürlich durften keine Wolken am Himmel stehen. Die Erwachsenen verrieten mir auch, wie ich mich am Himmel zurechtfinden konnte. Von meinem Fenster aus suchte ich am besten zuerst mit bloßem Auge den Polarstern, der zirkumpolar ist, also das ganze Jahr über sichtbar. Ich lernte anhand von Sternkarten, die die Hälfte der Bücher in der Bibliothek füllten, wie sich die Sternbilder zum Polarstern verhielten. Ich begann, jede Nacht vor dem Schlafengehen durch mein Teleskop zu sehen, wie die Erwachsenen es auch taten. Wir schauten in die Sterne und sahen nichts anderes mehr. Ich beobachtete die Sternbilder, wie sie sich jede Nacht etwas verschoben, eines Nachts nicht mehr aufgingen und dafür andere sichtbar wurden. Ich konnte nachvollziehen, wie Sonne und Mond den Tag vorgaben, der Neumond die Monate, und wie nach einem Jahr alles von vorne begann, weil sich die Erde einmal um die Sonne gedreht hatte. Fast immer entdeckte ich die Namenssterne von Wega und Großmutter, doch Maia nicht. Das erste Mal, als ich Maia sah, sollte lange das einzige bleiben. Es war in einer Neumondnacht gewesen, zum Anbruch eines neuen Monats, und wir standen gemeinsam am Teleskop in der Bibliothek. Naos hatte gerade Alrischa am Himmel entdeckt, winkte sie heran, ohne sich vom Teleskop zu lösen. »Hier, schau, Alrischa.« Erst als Alrischa direkt neben ihm stand, ging Naos einen Schritt zurück, so als würde der Stern verschwinden, wenn man ihn nur einen Moment aus den Augen ließ. Alrischa rührte sich kaum und knibbelte mit den Nägeln an ihrem Haaransatz herum, während sie ihren Stern am Himmel beobachtete. Es blieb still im Raum, als hätten alle aufgehört zu atmen. Schließlich sagte Großmutter: »Jetzt suchen wir nach Maia.« Sie schob Alrischa vom Teleskop weg, deren Blick weich geworden war. Großmutter musste nicht lange suchen, bis sie sagte: »Da ist Maia. So eine tolle Nacht! Komm her.« Mich erfasste Aufregung. Mein Herz begann schneller zu schlagen, und ich lief auf das Teleskop zu. Großmutter hob mich hoch, damit ich durch das Okular sehen konnte, denn das Teleskop in der Bibliothek war besonders hoch. Ich drückte ein Auge zu, und durch das andere sah ich einen dunkelblauen Kreis, der an den Seiten ins Schwarze überging. Vor dem dunklen Hintergrund lagen helle Punkte, als hätte jemand winzige Löcher durch einen Karton gestochen. »Siehst du die vier, die ein Quadrat bilden?«, fragte Großmutter.

»Ja«, hauchte ich.

»Oben rechts steht Maia.«

Ich starrte auf den scheinenden Punkt, und alles um mich herum trat in den Hintergrund. Es war, als wäre ich in diesem Moment ganz allein, ich spürte nicht einmal mehr Großmutters Arme, die mich hielten. Der restliche Sichtausschnitt verschob sich, als würde er sich öffnen wie zwei Flügeltüren, durch die ich mit meinem Blick hindurchgehen konnte. Es fühlte sich an, als käme ich mit jeder Sekunde näher an Maia heran, als würde ich auf ihn zugehen können. Nach kurzer Zeit hatte ich das Gefühl, nur noch meinen Stern sehen zu können, so groß und hell, wie sonst nur Wega schien.

Nach dieser Nacht spürte ich eine besondere Energie in meinem Körper. Es kribbelte unter meinen Fußsohlen, ich schlief später ein und hatte weniger Appetit. Manchmal bildete ich mir ein, dass ich Maia wiedergefunden hatte. Dann rief ich aufgeregt nach Großmutter oder Wega, doch wenn sie angelaufen kamen und durch mein Teleskop sahen, schüttelten sie die Köpfe. »Nein, Liebes, das ist nicht Maia, tut mir leid.«

Kein anderer Stern schaffte es, mich so in seinen Bann zu ziehen. Selbst dann nicht, wenn ich einen Stern für Maia hielt. Es entstand eine tiefe Sehnsucht in mir, Maia wiederzusehen, aufgesogen zu werden vom Himmel, wie in der Neumondnacht. Das besondere Gefühl wich einer Leere, die ich zuvor noch nicht gekannt hatte. Ich begann die anderen darum zu beneiden, dass sie ihre Namenssterne öfter sehen konnten, und wurde mir immer sicherer, dass darin der Grund lag, weshalb ich mich oft ausgeschlossen fühlte. Wega zog ihre Gelassenheit und Wärme daraus, dass ihr Stern so klar war. Sie konnte ihn für lange Zeit am Stück beinahe jede Nacht sehen, es brachte sie gelegentlich um den Schlaf, und manchmal veränderte sich ihr Wesen durch die vielen Stunden mit Wega, aber wer konnte es ihr verübeln. Die unzähligen Stunden brachten sie durch Zeiten, in denen Wega nicht vor unsere Fenster trat, luden meine Tante auf. Ähnlich war es bei Großmutter. Ich wollte auch jede Nacht, Stunde um Stunde, viele Nächte am Stück, nur Maia anschauen, aber es ging nicht. Es frustrierte mich besonders, wenn am Frühstückstisch darüber geredet wurde, dass einer der anderen Namenssterne wieder aufging für eine Weile und über die betreffende Person eine unübersehbare Vorfreude hereinbrach. Ich verzweifelte daran, wenn Maia zwar am Himmel stand, ich ihn aber nicht sehen konnte, weil in einer Nacht Wolken davorstanden, in der nächsten schlechte Sicht herrschte, es dann Vollmond wurde und der Vollmond einen trüben Schleier am Himmel hinterließ.

Trotz meines Wissensdurstes, so viel wie möglich über die Sterne zu erfahren, schloss sich die Leere nicht, die die zähe Abwesenheit von Maia am Nachthimmel in mir auslöste. Ich wollte näher an das Firmament herantreten. Ich wollte so, wie ich näher an einen Schrank herantreten konnte, um die Maserung des Holzes zu erkennen, näher an den Himmel herantreten, näher an den Plejaden-Nebel, bis Maia wieder deutlich vor mir stand. Einmal fragte ich Wega, ob das möglich wäre. Die lachte schallend und schüttelte den Kopf: »Nein, mein Schatz, das ist wirklich unmöglich.«

Ich versuchte, meine tiefe Enttäuschung zu verstecken, denn offenbar hatte ich mich mit der bloßen Frage schon lächerlich gemacht. Die einzelnen Sterne des Plejaden-Nebels sollte ich erst wieder am Himmel erkennen, als ich den Bezug zu Wega und all den anderen längst verloren hatte.

Zwei

Je mehr ich mich nach Maia sehnte, desto häufiger saß ich auch tagsüber an den Fenstern. Doch meistens sah ich nur, was ich schon kannte – wie sich die Farben des Himmels abwechselten, wie sich die Wolken auftürmten, vergingen und über das Haus hinwegzogen; wie sich das Gras im Wind wiegte und ab und zu ein vertrocknetes Blütenblatt vom Stiel fiel. Im Morgengrauen hing Nebel über der Wiese. Die Tannen waren manchmal nicht mehr zu erkennen. Der Nebel verschwand normalerweise unter den ersten Sonnenstrahlen, die es über die Tannen schafften, doch an seltenen Tagen blieb er. Er rückte so nah an das Haus, dass sich kleine Tröpfchen auf den Scheiben bildeten. Nach dem Nebel kam Regen, kam Schneeregen und ein paarmal dicker Schnee. Ich hörte das Knacken des Hauses im Wind, die pfeifenden Böen, das Prasseln des Regens auf dem Dach und die wattene Stille des Schnees. Ich hörte Donner, nah und fern, manchmal das Rufen von Eulen in der Nacht, das Singen von Vögeln, wenn die

Sonne aufging. Ich sah Blitze, die sich im Wald entluden, und wie alles, was fliegen konnte, seine Bahnen zog. Manchmal spürte ich einen Luftzug durch die undichten Fenster, die geschlossen blieben, um uns nicht in Gefahr zu bringen. Die Nächte wurden kurz, dann wieder länger, und mit der wachsenden Länge der Tage wuchsen frische Gräser, Blumen und Blüten; das Grün des Waldes wurde satter, der Himmel klarer, alles bewegte sich mehr. Manchmal stand die Sonne so voll da, dass die Luft draußen zu flirren begann – sie schlug kleine Wellen, und wenn ich meine Hände auf die Scheiben legte, spürte ich, dass sie ofenwarm waren. Wenn ich mein Gesicht flach auf die Scheiben drückte, sah ich, dass die Fenster Dreck, Blütenstaub und kleine Krusten auf einer Seite trugen und etwas Hausstaub auf der anderen. Die Aussichten waren diesig und unwirklich durch die schmutzigen Fenster; sie standen da wie bewegliche Gemälde. Wenn ich eine markante Wolke entdeckte, die aus dem Bild zog, rannte ich zu einem anderen Fenster und konnte sie so weiterverfolgen. Wenn die Sonne gerade untergegangen war, sah der Tannenwald aus wie ein Scherenschnitt unzähliger Gesichter mit spitzen Nasen, Lippen, Haarschöpfen. Die Spitzen wiegten sich je nach Witterung im Wind oder standen ganz still in die Höhe wie Bleistifte. Der Himmel darüber konnte Farben abbilden, die im Haus nicht vorkamen. Das Blau und das Rosa bis Rot waren so leuchtend, wie es kein Stoff hätte sein können. Auch das Schwarz des Himmels hatte eine Tiefe, zu der ich keine Vergleiche ziehen konnte. Die Farben des Himmels bildeten eine Fläche, die wir ansehen, aber niemals besitzen konnten. Die Perspektive auf den Wald nahm von keinem Fenster aus eine Dreidimensionalität an. Der Wald bildete immer ein Haus um das Haus, verbarg die Wiese und das Haus in sich, wie unsere Hauswände die Zimmer verbargen.

An einem Abend war es bereits dunkel, die Abendgeschichte vorbei, und ich drückte meine Nase so gegen die Scheibe, dass mein Atem einen matten Fleck bildete. Etwas Leuchtendes stieg in der wachsenden Dunkelheit auf, schwebte vor der Scheibe, und als es in die Spiegelung meines Gesichts flog, legte Alrischa ihren Arm um meine Schultern.

»Was ist das?«, fragte ich leise und starrte in ihr Spiegelbild gleich neben meinem.

»Das ist ein Glühwürmchen.«

Alrischa tippte mit einem Finger gegen die Scheibe, und plötzlich flog das Glühwürmchen weg. Ich schaute ihm hinterher, bis sein Leuchten versackte. »Lass das«, rief ich, »ich wollte es ansehen.«

In dem Moment trat Naos hinter uns. »Alrischa«, sagte er mahnend, »dein Klopfen stört die Tiere. Du weißt doch, dass ihr das nicht sollt.«

Von klein auf hatten wir gelernt, dass das Verlassen des Hauses nicht erlaubt war. Teilweise reagierten die Erwachsenen schon gereizt, wenn wir nur die Tiere störten, an den Fenstern hingen und zu lange hinaus auf die Wiese sahen. So wie Mutter einmal auf meine Frage nach einem Weg zur Wiese reagiert hatte – mit einer Ohrfeige –, reagierten die anderen Erwachsenen im Haus auf fast alle Anmutungen, die aus dem Haus hinaus deuteten. Alrischa und ich hatten einmal im Spiel das ganze Haus nach einem Ausgang durchsucht und nichts gefunden – keine versteckte Tür in einer Wand, keine Luke im Holzboden, kein Fenster, das sich öffnen ließ. Großmutter hatte uns erwischt, und wir hatten daraufhin mehrere Tage in Folge kein Essen bekommen. Die Erwachsenen erzählten uns immer wieder die Geschichte, wie Großmutter als Achtjährige in das Haus hatte flüchten müssen. Mit ihrer Mutter, ihrem Onkel Antares, Taygeta und Mira, und Großmutters Cousin Sham, der später ihr Mann werden sollte. Sie waren mit Fackeln aus der Welt vor den Fenstern vertrieben worden, so erzählten die Erwachsenen es Alrischa und mir. Nachdem Großmutter mit ihrer Familie tagelang durch den Wald geirrt und er hinter ihnen in Flammen aufgegangen war, fanden sie sich schließlich auf der Wiese wieder. »Das Haus stand da, als hätte es auf uns gewartet«, berichtete Großmutter. »Es schien alles für uns vorbereitet.« Seitdem hatte nie wieder jemand das Haus verlassen, und auch wir hielten uns daran. »In der Welt vor den Fenstern glaubt man, etwas so Großes wie die Sterne nähme keinerlei Einfluss auf so etwas Staubkörniges wie den Menschen.

Dafür, dass wir wissen, dass es anders ist, möchte man uns in Flammen stecken«, sagte Großmutter immer. »Auch heute noch.« Mutter betonte stets: »Mit Feuer spielt man nicht«, und Alrischa und ich nickten.

Wir lernten, dass wir nicht eingreifen durften – nicht in die Welt vor den Fenstern und nicht in die Abläufe des Hauses. Wir lernten, dass es gefährlich werden konnte, wenn wir unsere Bahnen verließen. Nach unserer Suche eines Weges zur Wiese hatte Großmutter uns grob beiseitegezogen und beinahe geschrien: »Jeder Planet, jeder Stern akzeptiert den eigenen Platz, und so machen wir es auch. Wenn der eine von seiner Aufgabe abweicht, wird der andere davon getroffen werden. Und wenn einer unserer Körper auf die Wiese gerät, wird er in Flammen aufgehen.«

Ich erinnere mich daran, wie ich zum ersten Mal vom großen Fenster im Wohnzimmer aus Rehe entdeckte. Sie standen ein ganzes Stück entfernt mitten auf der Wiese, bewegten sich kaum und starrten durch unsere Fenster. Ich hatte nicht gesehen, von wo sie gekommen waren, und fragte aufgeregt: »Darf ich sie streicheln? Nur einmal!« Ich konnte mir nie so recht vorstellen, dass diese friedvolle, lebendige Welt so vernichtend sein sollte, wie es die Erwachsenen uns beibrachten. Die Welt vor den Fenstern wirkte nicht bedrohlich auf mich, sondern anziehend. Wega, die hinter mir auf dem Sofa saß und in einem Buch blätterte, blickte auf meine Frage hin kurz auf und antwortete: »Auf keinen Fall.« Sie klang völlig unbeeindruckt. Ich drehte mich einen Moment zu ihr um, löste meinen Blick von den Augen der Rehe, und als ich wieder hinsah, waren sie verschwunden.

Als ich das nächste Mal welche sah, an derselben Stelle in der Mitte der Wiese, ließ ich sie nicht aus den Augen, denn ich wollte sehen, wohin sie gingen. Wir starrten uns an, doch sie regten sich nicht. Großmutter trat zu mir ans Fenster und fragte: »Na, was schaust du da?«

»Ich schau die Rehe an«, antwortete ich und wendete kurz meinen Blick zu Großmutter.

»Beeindruckende Tiere, nicht?«

Ich nickte, und als ich wieder hinaussah, waren die Rehe nicht mehr da, als hätte ich sie mit meinem Wegsehen losgelassen. Großmutter nahm mich auf den Schoß.

Ich seufzte. »Darf ich nicht ein einziges Mal hinaus? Ich würde sofort wiederkommen und nie wieder darum bitten.«

»In der Welt vor den Fenstern würdest du umkommen, glaub mir. Du wirst in die wunderbare Welt der Geschichten kommen, Maia. Wenn es so weit ist.«

»Aber wann denn bloß? Es kommt mir vor, als warte ich schon ewig.«

Großmutter lachte leise.

»Es wird so weit sein, wenn du im Haus brav und

ordentlich deine Aufgaben erfüllt hast. Wenn du gelernt hast, dich nahtlos in ein Gefüge einzuflechten und deinen Platz nicht zu verlassen. Dafür ist unser Leben dir eine Vorbereitung.« Für eine Weile glaubte ich Großmutter und bemühte mich darum, mich anzupassen. In den Geschichten waren unsere Vorfahren an den herrlichsten Orten und erlebten Abenteuer, begegneten Tieren, stiegen auf Berge und in Täler hinab. Wie Mira, Taygeta und alle anderen an die Orte in den Geschichten gekommen waren, wusste ich nicht. Den Übertritt umgab etwas Magisches, und wenn ich danach fragte, antworteten die Erwachsenen stets: »In einem massereichen Stern lässt irgendwann der Gasdruck nach. Das ist der Beginn eines Prozesses, in dem der Stern zu einem roten Riesen wird und schließlich kollabiert. Das setzt unvorstellbare Energiemengen frei, der Stern explodiert zu einer Supernova.« Ich sehnte den Tag herbei, an dem sich diese formelhaften Worte vor meinen Augen zu einem klaren Bild verwandeln würden.

*

Jeder im Haus kreiste durch den Tag, erledigte die Aufgaben, ging die für ihn bestimmten Wege. Nur viermal am Tag, in Abständen, die die Sonne vorgab, lief alles zusammen. Dann wurde eine der Geschichten über unsere Vorfahren vorgetragen und danach eine Mahlzeit eingenommen. Das Geschichtenerzählen war allein den Erwachsenen erlaubt, und sie erzählten sie wortgenau. Die Geschichten berichteten, wie Mira im Schnee lief, wie Sarin ein Baumhaus baute oder Taygeta einen Berg bestieg. Wie Leonis auf Wüste stieß, Navi einem Bären begegnete, Antares die Meere besegelte und wie Großvater den klarsten Sternenhimmel fand. In meinem eigenen Unterricht hatte Großmutter einmal eine gezeichnete Karte der Welt aus den Geschichten genommen und mir von jedem Fleck erzählt. Sie berichtete, an welchen Stellen es Sandwüste gäbe; wo Eiswüste und wo Urwald; dass vor dem Meer die Küsten kamen, dass Flüsse in die Ozeane mündeten und sich dort, wo die Karten bräunlich waren, Berge auftaten. Sie bildeten Kämme und Grenzen auf den Karten wie die Flüsse. Ich bekam keine klaren Bilder zu den Wörtern in meinem Kopf, es gab keine Assoziationen dazu in meiner Fantasie, nur die Karten, doch die Worte klangen schön.

Eiswüste. Küsten. Sand. Berge.

Den Urwald stellte ich mir vor wie den Wald vor unseren Fenstern. Nur viel größer, mit dickeren Stämmen und volleren Kronen. »Wann darf ich endlich dahin?«, fragte ich, wie ich es immerzu tat, als ich klein war, und drückte meinen Finger auf die Landkarte; auf genau die Stelle, wo Großmutter den Urwald verortet hatte. Großmutter antwortete, ohne zu zögern: »Es kommt der Tag, an dem wir in die Welt der Geschichten übertreten. Aber du musst Geduld haben. Du darfst nicht aus den Augen verlieren, was du hier und jetzt zu tun hast. Taygeta, Leonis, Antares und all die anderen – sie waren vorbildlich in der Erledigung ihrer Aufgaben, hörst du?«

Auf dem Kamin standen Fotos von ihnen. Großmutter hatte die meisten mit ihrer alten Polaroid-Kamera gemacht und in hölzerne Rahmen gefasst. Die Kamera hatte zuvor Antares gehört, und auch er hatte Fotos gemacht und sie in Rahmen gefasst, sodass wir uns unsere Vorfahren immer ansehen konnten, auch wenn ihr Leben im Haus weit zurücklag. Auf den Fotos sah ich Tante Mira und Sarin, auf dem Sofa sitzend oder tanzend im Wohnzimmer; Antares, in ein Handtuch gewickelt vor dem Badezimmer; Leonis und Navi, wie sie in der Küche Teig kneteten; auch ein Bild von Großvater, wie er vor dem großen Fenster im Wohnzimmer neben Taygeta stand und auf die Tannenfront blickte. Dazwischen Bilder von uns selbst, die wir noch hier waren – eins von den Torten des letzten Geburtstags; vom ersten Tag, an dem Alrischa und ich das Lesen gelernt hatten; eins von Großmutter, auf dem verschwommen und übergroß nur ihr Gesicht zu erkennen war. Sie gab die Kamera niemals aus den Händen, und entsprechend sahen die Fotos aus, die es von ihr gab. Manchmal stand ich stundenlang vor dem Kamin und sah die unvertrauten Gesichter an. Ich hatte niemanden von ihnen leibhaftig erlebt, dafür war ich zu jung. Auch Alrischa konnte sich an niemanden außer die, die noch da waren, erinnern. Nur die Erwachsenen konnten uns von ihnen erzählen. Ich versuchte mir vorzustellen, wie Großvater jetzt auf einem Feld lag und die Sterne betrachtete, sie genauso sah wie wir vom Haus aus. Wie Mira sie ansah, von einer Hütte inmitten einer Schneelandschaft. Wie Taygeta den Blick hob; im genau selben Moment, in dem Leonis und Sarin nach ihren Sternen suchten. Sie fanden ihre Sterne, und ihre Körper wurden von einem Kribbeln ergriffen, so wie meiner, als ich Maia gesehen hatte. Ich bewunderte unsere Vorfahren für ihre Geschichten, und manchmal geriet ich ins Träumen, wo ich einmal hinkommen und welche Geschichte über mich erzählt werden würde.

So häufig ich mir die Worte durch den Kopf gehen ließ, sie in den Büchern nachlas und kontextualisierte, konnte ich sie doch nie wirklich auf meine Frage nach dem Übertritt anwenden. Der Weg in die Welt der Geschichten blieb mir schleierhaft, ebenso wie der Weg hinaus, und so versuchte ich, mich an den Geschichten und unserem Gefüge festzuhalten, statt an Erklärungen zu verzweifeln.

Wenn die Geschichten erzählt wurden, versammelten wir uns um den Tisch, jede saß auf ihrem festgeschriebenen Platz und wartete. Wenn die Person, die erzählen würde, mit einem Messer an ihr Glas geschlagen hatte, erhoben wir uns von den Plätzen. Wir hörten aufmerksam zu, niemand sprach während der Geschichte, fiel ins Wort oder beschäftigte sich mit etwas anderem. Wenn meine Gedanken abschweiften, kniff ich mir in den Arm. Großmutter sprach die Geschichten melodisch, als komponierte sie die Sätze. Ich mochte es besonders, wenn sie erzählte, denn Mutter sprach eintönig und konzentriert darauf, kein Wort verrutschen zu lassen. Wega und Naos änderten manchmal die Wortfolge, was Großmutter oder Mutter später tadelnd anmerkten. »Es ist durchaus wichtig, dass es heißt *Jede Nacht lag er im Feld und schaute die Sterne an*, und nicht *Er lag jede Nacht im Feld und schaute in die Sterne*«, sagte Mutter dann, aber Naos und Wega zuckten mit den Schultern, wenn Großmutter nicht hinsah.

Wenn die letzten Worte der Geschichte gesprochen waren, hielten wir einen Moment inne. Dann wurde erneut ans Glas geklopft, wir setzten uns und durften mit dem Essen beginnen. Nach der Geschichte am Morgen gab es Haferbrei, den Onkel Naos zubereitete, mittags Reste vom Haferbrei mit Kartoffelbrei, den Wega kochte, nachmittags zur Geschichte Großmutters Haferkekse und Kräutertee, und abends Mutters frisches Brot mit Butter. Wenn alle fertig waren, erhoben wir uns gemeinsam vom Tisch, und die Schüsseln und Teller wurden von Großmutter und Wega abgeräumt. Alrischa brachte das Besteck zur Spüle und wischte mit einem feuchten Tuch den Tisch ab. Das Spülen war Großmutter aufgetragen, das Abtrocknen Mutter und das Wegräumen des sauberen Geschirrs mir. Mutter und Großmutter wirkten angespannt, während sie zusammen den Abwasch machten, und Naos hielt mich meist dazu an, schon in der Küche zu warten, während sie das taten. »Dann musst du später weniger Teller kleben«, flüsterte er.

Wer eine Aufgabe ausließ oder sie nicht zur vollsten Zufriedenheit erfüllte, bekam bei der nächsten Mahlzeit nichts zu essen. »So ein Verhalten gefährdet all unsere Abläufe«, erklärte Großmutter trocken. »Es muss kleine Folgen haben, bevor es große gibt.«

Statt der Nahrung wurde ein Kohlestück hingelegt, das während der Mahlzeit in den Mund genommen werden musste. Die Kohle färbte die Zähne und Zunge schwarz, hinterließ Ränder um den Mund und erinnerte noch einige Tage an den Fehler. Eine Zeit lang hatte Alrischa oft Kohle auf dem Teller gehabt, weil Großmutter nicht zufrieden gewesen war, wie sie den Boden gewischt hatte. Einmal hatte sie nicht nur Hunger und schwarze Ränder, sondern auch rote Pusteln um den Mund bekommen. Sie juckten, Alrischa kratzte unaufhörlich in ihrem Gesicht herum, manche Stellen wurden blutig, und die Pusteln trieben sie so in den Wahnsinn, dass sie schließlich dazu überging, dreimal hintereinander den Boden zu wischen. Seitdem hatte Großmutter Alrischa nie wieder für einen dreckigen Boden Kohle auf den Teller gelegt, und mir war es nur passiert, als Alrischa und ich nach einem Weg zur Wiese gesucht hatten.

So wie die Geschichten wortgenau festgelegt und die Aufgaben verteilt waren, hatte der Tag einen Ablauf, der nicht gebrochen wurde. Ich verließ mich darauf, dass Mutter mich bei Sonnenaufgang aus dem Bett holte. Sie legte mir die Kleidung raus, die ich tragen sollte, und band mir die Haare zu einem strengen Zopf zusammen, bevor wir zum Frühstück gingen. Ich trug Electra an einer Hand mit mir, schon im oberen Flur konnten wir den Haferbrei riechen, und bald war zu hören, wie es im Topf brodelte und spritzte. Mutter und ich setzten uns, ohne ein Wort zu sprechen, an den Esstisch im Wintergarten, und ich nahm Electra auf meinen Schoß. Meistens war ich zu dieser Zeit noch so müde, dass ich nur durch die Fenster starrte und das Gestrüpp davor zu einer Fläche verschwamm. Ich zupfte gedankenverloren an Electras Haaren herum, bis Alrischa und Wega dazukamen, die schon morgens redselig waren. Wega schwärmte vom Sternenhimmel in der Nacht, fragte Mutter darüber aus, was sie durch ihr Teleskop gesehen hatte, und Alrischa und ich erzählten uns manchmal, was wir geträumt hatten. Unser Gespräch wurde unterbrochen, wenn Großmutter und Onkel Naos den Tisch deckten und den Brei und einen Wasserkrug hereintrugen.

Nach dem Frühstück lief ich direkt in die Küche und wartete darauf, dass Mutter und Großmutter den Abwasch erledigt hatten. Ich freute mich auf das Wegräumen des Geschirrs, weil ich die Aufgabe gern machte. Sie gab mir das Gefühl, unverzichtbar für unser Gefüge zu sein. Ich hatte ein spezifisches System entwickelt, wie ich die Teller zum Regal trug und wie sie darin angeordnet waren. Vorher hatten sie irgendwo im Regal gestanden, nur nach Größe sortiert. Ich war mir sicher, dass das Einräumen des Geschirrs mittlerweile niemand mehr einfach so für mich übernehmen könnte, denn nur ich wusste die verschiedenen blau-weißen Muster auseinanderzuhalten. Manchmal unterschieden sie sich bloß durch ein kleines Detail in der Tellermitte, das die anderen sicherlich nicht entdecken würden, wenn ich es ihnen nicht zeigen würde. Ich wusste auch, welche Teller unten und welche oben auf den Stapel gehörten, denn einige waren schon mehrfach geklebt und würden das Gewicht weiterer Teller auf sich nicht lange überstehen. Meistens wurde ich erst nach dem Wegräumen des Geschirrs richtig wach, und oft war schon niemand mehr im Wohnzimmer oder der Küche, wenn ich damit fertig war. An manchen Tagen hatte Großmutter Alrischa und mir nach dem Frühstück gesagt, dass wir in die Bibliothek kommen sollten, dann bekamen wir Unterricht. An den Tagen, an denen Großmutter anderes zu tun hatte, war sie wie verschluckt vom Haus. Ich ahnte nicht, wo sie sich aufhielt. Dann besuchte ich Alrischa in ihrem Zimmer, die meistens etwas bastelte. Manchmal erzählte sie mir dann, was sie am Tag zuvor erlebt hatte, was an mir vorbeigegangen war. Wie Wega mitten am Tag eingeschlafen war, Naos durch den Flur getanzt war oder jemand gestritten hatte. Wenn sie nichts zu berichten wusste, lief ich die Flure entlang und die Fenster ab oder beschäftigte mich allein in meinem Zimmer. Dort fielen an hellen Tagen die sanften Schatten der Eiche vor dem Haus bis auf die Laken meines Bettes. Die Sonnenstrahlen zogen Geraden in die Luft, und der Staub schimmerte auf den alten Holzmöbeln. Auf die Frage, woher Staub eigentlich käme, hatte Mutter mir mal geantwortet: »Deine tote Haut ist das.« Ich hatte ihr nicht glauben wollen, weshalb ich auch Tante Wega danach fragte. »Deine, meine, unsere Hautschuppen sind das, da hat Spika recht. Selbst wenn der Staub einmal ganz weggeputzt ist, kommt er wieder. Wo soll er sonst herkommen, wir sind die einzige lebendige Materie im Haus. Es ist doch ganz logisch so, findest du nicht?«

Manchmal fuhr ich mit dem Finger durch die dicke Staubschicht, die alles im Haus mattierte und beinahe wie Stoff aussehen ließ. Ich stellte mir vor, dass ich uns alle auf dem Finger hatte; auch meine eigene tote Haut. Vielleicht noch etwas Mehl, das von Mutters Händen staubte, wenn sie sie nach dem Brotbacken gegeneinanderschlug. Oder Partikel der toten Körper von Motten, die überall herumschwirrten, aus den Mehlgläsern in der Küche und den Schränken flogen.

Wenn ich allein in meinem Zimmer war, blätterte ich

meistens in den Büchern aus der Bibliothek. Ich las, wie Demeter Persephone bekam und Hades sie entführte; wie der Hochmut von Andromedas Mutter Kassiopeia von Poseidon mit einer Flut und dem Seeungeheuer Keto bestraft wurde; und wie Tantalos gegen die Götter frevelte und damit einen Fluch auf sich zog, der Durst und Hunger und Morde unter den Familienmitgliedern brachte. Ich lernte, dass der Andromeda-Nebel der Milchstraße am nächsten ist, aber dennoch 2,7 Millionen Lichtjahre entfernt, und aus welchen Stoffen die Sterne bestehen: im Grunde aus Staub und Wasserstoff. Ich las alles, was ich über den Orion-Nebel in unserer Galaxie finden konnte, mit seinen jungen Sternen – die Wiege einer neuen Generation. Viele Dinge in den Büchern doppelten sich. Ich las verschiedene Versionen der Sagen, verglich sie miteinander und vertraute keiner vollkommen. Wenn ich das Gefühl bekam, alles gelesen zu haben, was mich interessierte, schrieb ich die Geschichten auf, die die Erwachsenen erzählten. Ich veränderte Dinge daran, fügte zwei oder drei Geschichten zu einer zusammen und ließ Personen an Orten, an denen sie sonst allein waren, mit Figuren aus anderen Geschichten zusammentreffen. An manchen Tagen erzählte ich Electra die Geschichte, die mir Wega manchmal zum Einschlafen erzählte. In der Geschichte war ein Mädchen namens Polar auf dem Weg zum Mars. Die Geschichte beschrieb, wie sie für ihre Reise trainierte und dichte Lebensmittel herstellte, die sie auf der Reise satt machen würden. Eines Tages startete Polar. Sie stieß sich so fest ab, wie sie konnte, und flog zum Mars. Sie wurde schnell zu einem hellen Punkt am Himmel, so hell wie eine Sonne und so groß und stark, dass er manchmal noch vor dem Mond zu sehen war. Am Ende der Geschichte fügte Tante Wega sonst hinzu: »Polar kam nie wieder zurück. Sie ist da oben verbrannt. Es ist manchmal besser, Träume da zu lassen, wo sie hingehören. In der eigenen Fantasie und im Schlaf.« Diesen Zusatz von Tante Wega ließ ich aus, wenn ich Electra die Geschichte erzählte. Ich sagte nur: »Polar kam tatsächlich bis zum Mars.«

*

Wenn im Sommer die Schatten der Eiche gegen Mittag nicht mehr auf meinem Bett, sondern auf dem Boden am Fenster lagen, ging ich runter zum Mittagessen. Die Mahlzeit mochte ich besonders, weil ich den Kartoffelbrei von Tante Wega liebte. Er war klebrig, duftete leicht und war nicht so schwer wie der Haferbrei von Naos. Die anderen aßen manchmal die Reste vom Morgen, aber ich nahm nie davon, nur eine große Portion von Wegas Brei. Wenn dann auch noch Großmutter die Geschichte erzählte, war ich den Rest des Tages recht zufrieden, obwohl ich nach dem Mittagessen täglich mit Mutter die Wäsche machen musste. Meistens war sie ungeduldig mit mir und mochte es nicht, wie ich mit den Kleidern umging. »Du musst es tiefer eintunken, Maia, so wird es an den Ärmeln nicht ganz sauber!«, zischte sie, oder: »Wenn du es so nass aufs Geländer legst, wird gleich der untere Flur unter Wasser stehen.«

Danach ging ich meistens in die Bibliothek, um zu sehen, ob Großmutter sich dort aufhielt. Wenn ich sie nicht im Ohrensessel fand, ging ich in die Küche, denn alle paar Tage buk sie dort die Haferkekse für den Nachmittag. Ich setzte mich mit Electra auf die Bank, und wir sahen zu, wie sie den Teig knetete und sorgfältig zu runden Talern formte. »Wenn du etwas größer bist, zeige ich dir den ganzen Ablauf, dann kannst du sie selbst backen«, sagte Großmutter, und ich nickte aufgeregt. Ich half zwar beim Abwiegen der Zutaten für die Kekse, doch die folgende Zubereitung dieser und aller anderen Mahlzeiten war ein Buch mit sieben Siegeln. Kein anderer Ablauf wurde so gehütet. Ich hatte noch nie erlebt, dass ein Rezept offengelegt oder weitergegeben wurde. »Behalt es aber für dich, dass ich es dir zeigen werde«, verpflichtete Großmutter mich, und ich nickte wieder.

Wir nahmen die Kekse mit dem Kräutertee und der dritten Geschichte des Tages vor dem Kamin zu uns. Das Holz knackte, es stiebten Funken in die Luft und vor die Gesichter der Vorfahren auf den gerahmten Fotos. Es wurde so heiß, dass wir manchmal nur noch in Unterhemden dasaßen. Großmutters Haferkekse trugen den stärksten Geschmack, den wir alltags zu schmecken bekamen; der Zucker darin ließ meine Zunge sich zusammenziehen, und die Stimmung geriet manchmal so in Wallung, dass Onkel Naos sein Grammophon anstellte und tanzte. Alrischa, Wega und ich tanzten meistens mit, während Mutter und Großmutter sitzen blieben und in Ruhe ihren Tee tranken. Wenn die rationierten Kekse für den Nachmittag alle waren, ich aber noch nicht genug vom Geschmack und durchs Tanzen wieder Hunger bekommen hatte, fragte ich Großmutter, ob sie mir welche aus dem Glas ganz oben im Vorratsschrank geben könnte. Wenn ich die Frage mit einem Kompliment für die Kekse verband, gab sie mir fast immer einen. Sie legte den einzelnen Keks feierlich auf einen Teller, beugte sich zu mir runter und sagte: »Genieß ihn, mehr gibt's nicht.« Ich verputzte den Keks trotzdem, so schnell ich konnte, und stellte den Teller neben die Spüle, damit er mit dem Abendgedeck abgespült werden konnte. Alrischa bekam niemals einen zweiten Keks von Großmutter. Die glücklichen Tage waren die, an denen ich mich meiner Position im Gefüge hingeben konnte und meine Vorteile bei Großmutter schamlos ausnutzte. Dann fühlte es sich an, als wäre mir kurz entfallen, was mich vor ein paar Tagen noch so beunruhigt hatte. Die Unruhe brach wieder über mich herein in unabsehbaren, plötzlichen Momenten. Wenn Alrischa um einen zweiten Keks bat und stattdessen Kohle bekam. Oder wenn ich ein Mehlglas auf dem Küchenboden stehen sah, das sich immer dann füllte, wenn ich gerade nicht hinsehen konnte.

Im Winter begann schon die Dämmerung, wenn wir getanzt und ich die Teller vom Nachmittag einsortiert hatte; Nachmittag und Abend flossen nahtlos ineinander. Mit der eintretenden Dämmerung erfolgten alle Schritte etwas schneller, denn es musste das Abendessen geben, bevor es dunkel wurde. Bei Nacht lag das Haus in blauer Farbe. Alles war wie eine Fläche, nur die Fenster hellere, fein gesprenkelte Unterbrechungen. Manchmal zündete jemand eine Kerze an, die gelöscht wurde, sobald ihr Licht nicht mehr gebraucht wurde. Als wäre jede Helligkeit neben den Sternen und dem Mond eine Respektlosigkeit, eine unerhörte Ablenkung davon, dass die Reflexion der Sonne noch da war und weit weg viel stärkere Lichtquellen. Wir begaben uns an die Teleskope, und die Erwachsenen brachten Alrischa und mich meist geistesabwesend ins Bett. Es kam vor, dass niemand mehr an uns dachte und wir allein zu Bett gingen. Dann kam Alrischa oft zu mir unter die Decke gekrabbelt, damit ich sie beruhigen und in den Schlaf reden konnte.

*

Wie sich Sonne und Mond abwechseln, wechselten sich im Haus der Alltag und die Feste ab. Wir feierten sie immer dann, wenn jemand Geburtstag hatte, und ich konnte sie am Himmel kommen sehen – wenn die Sterne allmählich in die genaue Position gerieten, zu denen beispielsweise Wega Geburtstag hatte. Im Sommer nämlich, wenn die Tage lang wurden; kurz danach Mutter und Großmutter; Naos kurz vor dem Ende eines Jahreszyklus; Alrischa dann, wenn die Tage schon eine Weile wieder länger wurden; ich dreiundsiebzig Tage nach ihr.

Wenn ein Fest näherkam, rückten unsere Bahnen enger zusammen. Wir begegneten uns häufiger in den Gemeinschaftsräumen und hielten uns zusammen in der Küche auf, denn es gab einiges vorzubereiten und viel zu lernen. Wir durften die Schubladen mit den besonderen Zutaten öffnen, die sonst abgeschlossen waren. Der Geruch von verkohltem Holz mischte sich mit dem Duft von Kaffee und geschmolzener Butter; die Luft duftete nach Mehl und Zucker, war stickig und warm.

Die Vorbereitung der Feste dauerte zwei ganze Tage. Wir buken Tortenböden vor und schmeckten die Cremes am Vortag ab, damit am Festtag alles glattlief. Alrischa bastelte Platzkarten, wir suchten mit den Müttern Kleider für den Festtag aus und dekorierten den Tisch. Wir putzten die Fenster im Wintergarten, mahlten Kaffeebohnen und kreierten eine neue Teemischung nur für das Fest. Onkel Naos stellte sein Grammophon manchmal schon nach dem Frühstück an, wir tanzten im Wohnzimmer, wenn wir nicht buken, und Großmutter las die Lieblingssagen des Geburtstagskinds vor. Alrischa trug aufgeregte Flecken im Gesicht, Wega knackte häufiger mit den Fingern, und Naos schlief weniger auf dem Sofa ein. Am Festtag standen wir vor Sonnenaufgang auf, Alrischa und ich wurden gründlich gebadet, und dann buken wir gemeinsam bis zum Nachmittag mehrere Torten in Beige, Rosa und Braun. Wir stellten sie auf den großen Esstisch, deckten das beste Porzellan, und das Geburtstagskind saß am Kopfende. Wir stachen Gabeln durch Cremeschichten, Mutters Löffel kratzte ungewohnt lebendig über den Boden ihrer Tasse, Tante Wega kreischte vor Lachen, und Onkel Naos lobte die Torten, als seien sie besser als je zuvor. Die Erwachsenen erzählten ihre Lieblingsgeschichten, und wir saßen beim Kaffee, bis die Dämmerung längst vorüber war. Wenn Alrischa und ich müde wurden, trug man uns in die Betten. In meiner frühesten Erinnerung an die Feste werde ich umsorgt – Mutter deckt mich zu, steckt die Daunendecke unter meinen Füßen fest, und Wega erzählt mir die Geschichte von Polar, doch ich sinke schon nach den ersten Sätzen in einen zufriedenen Schlaf. In späteren Erinnerungen stellte ich mich schlafend, damit die Erwachsenen aus meinem Zimmer verschwanden, und wendete mich mit meinen Gedanken im Bett hin und her.

Fast jede Nacht träumte ich Dinge, die den Schlaf lebendiger erscheinen ließen als das Wachsein. Die Etagen schoben sich zusammen zu einer Ebene. Mein Bett stand im Kleiderschrank, die Küche lag plötzlich direkt neben meinem Zimmer und das Grammophon stand auf meinem Nachttisch. Meine Hände gingen durch die Möbel hindurch, als wären sie Nebel. Der Holzboden und die Wände verformten und wellten sich, sodass ich darauf rutschen konnte. Ich baute neue Möbel aus Holz, das aus dem Boden wuchs, buk nur mit Alrischas Hilfe eine riesige Torte, die so gut schmeckte, dass sogar Großmutter und Mutter danach tanzten und beinahe ins Kaminfeuer fielen. Naos hieß plötzlich Celaeno, wir waren nur noch fünf Leute im Haus oder vier, die Lieder, die Naos sonst nachmittags spielte, dröhnten mitten in der Nacht durchs Haus. Wir aßen vor den Geschichten oder währenddessen, sie fielen aus oder wurden in Schleifen erzählt. Manche Dinge aus den Träumen versuchte ich nachzustellen. Ich verrückte die Möbel in meinem Zimmer, stellte das Kopfteil des Bettes in den Schrank und malte einen riesigen Baum auf Papier, den ich mosaikhaft an meine Wand klebte. Einmal war ich im Traum die Treppe rückwärts hinuntergegangen, ohne mich festzuhalten, und als Mutter mich am nächsten Tag entdeckte, wie ich mit dem Rücken zu den Stufen gekehrt im oberen Flur stand, sagte sie: »Was soll das denn werden?«

»Ich will die Treppe rückwärts runtergehen!«

Mutter ging vor mir in die Hocke und hielt mich fest. Meine Beine waren damals noch kurz, und ich musste mich am Geländer festhalten, um die Stufen vorwärts zu nehmen.

»Das übst du besser am unteren Ende der Treppe, hörst du?«

Mutter hob mich auf den Arm, lief mit mir die Treppe hinab und setzte mich ein paar Stufen vor dem unteren Flur wieder ab.

In einem Traum brach in der Küche Feuer aus. Ich sah den Qualm, der bis in mein Zimmer zog, und rannte runter, konnte aber nicht bis zum Ofen vordringen, weil der gesamte Boden mit kaputtem Porzellan bedeckt und die Luft rußschwarz war. Mein Blick fiel auf meine Füße, und ich sah, dass ich mir bereits die Fußsohlen aufgeschnitten hatte, doch in diesem Moment flog Wega, halb sie selbst, halb Motte, über die Scherben hinweg, öffnete den Mund, und ein großer Schwall Wasser ergoss sich über das Feuer. Es war tatsächlich einmal Feuer in der Küche ausgebrochen. Es war an einem Nachmittag gewesen, als Großmutter den Ofen für die Haferkekse anfeuern wollte. Ich saß mit Electra auf der Bank und sah ihr zu, Mutter war noch dabei, das Mittagsgedeck abzutrocknen. Großmutter nahm die Streichholzpackung aus der Schürze, doch statt des Holzes fing ein Tuch Feuer, das über dem Griff des Ofens hing. Es ging in Flammen auf, fiel auf den Boden und bildete eine hohe, schmale Feuersäule.

Mutter schrie auf und schöpfte mit der Schüssel, die sie gerade abtrocknete, Wasser auf den Brand. Großmutter stand wie angewurzelt da, auch ich blieb sitzen, und als das Feuer gelöscht und das Tuch nur noch ein Haufen Asche war, entfuhr es Mutter: »Meine Güte, pass doch auf! Verdammt noch mal!« Ihre Stimme bebte, und Wega, die in der Zwischenzeit im Türrahmen aufgetaucht war, lief zu Mutter und nahm sie in den Arm. Mutter brach in Tränen aus, sie weinte an Wegas Schulter, die auch schockiert aussah, und Großmutter verließ mit eisernem Gesichtsausdruck das Zimmer. Ich hatte Mutter bis dahin noch nicht weinen gesehen. Ich stellte mir immer wieder vor, wie es sich anfühlte, wenn Haut in Brand geriet, so wie das Geschirrtuch an diesem Tag; wie sich das Feuer von Fackeln durch meinen Körper fressen und ich in Asche zerfallen würde. In meinen Träumen nach dem Vorfall fehlte Großmutter manchmal im Haus, und mein Zimmer lag auf einmal unter der Treppe, wo sonst Großmutter schlief. Die Bücher waren im ganzen Haus verteilt, ohne dass es jemanden störte. Ich sah Mutters Gesicht im Waschbecken, wie sie mir mit einer Schüssel Wasser ins Gesicht schleuderte.

In den Träumen passierte es auch, dass ein Baum oder Gräser, die man vor den Fenstern sah, ins Haus gerieten. Dann stand eine Tanne mitten im Flur, platt wie Papier, von der Seite kaum zu sehen und von vorne riesengroß. Einmal träumte ich, wie ich von der anderen Seite an das Fenster des Wohnzimmers klopfte, ich stand zwischen den Gräsern vor dem Fenster und niemand im Haus erkannte mich. Ich konnte auch im Traum nur von innen nach draußen in den Wald sehen, ich sah mich selbst, wie ich die Nase gegen die Scheibe drückte. Alle murmelten: »Sie muss Wasserdampf sein.«

Manchmal malte ich Fetzen der Träume auf und klebte sie mir über mein Bett, doch ich zensierte die Träume und glich sie der Realität an. Wenn ich Alrischa morgens erzählte, was ich geträumt hatte, dann meist nicht genau so, wie der Traum gewesen war. Ich verheimlichte es, wenn jemand im Traum gefehlt hatte, weil ich mich schuldig fühlte, nicht an alle gedacht zu haben. Ich erzählte Alrischa auch nicht, wenn ich im Traum verbrannt war oder dass wir zu zweit eine Torte gebacken hatten, aus Angst, dass sie es hätte nachmachen wollen, wofür wir sicherlich riesigen Ärger bekommen hätten. Nach dem Traum, in dem ich mich vor dem Fenster gesehen hatte, schämte ich mich. Ich malte die Szene zwar auf, aber ich malte mich ans Fenster im Wohnzimmer. Nur eine meiner Hände ragte aus dem Fenster hinaus.

Drei

In den Tagen vor dem letzten Fest stand Pegasus am Himmel. Ich sah Enif hell leuchten und ein Nebel bewegte sich über den Nachthimmel. Es war kein üblicher Nebel, sondern ein kosmischer – aus totem, noch glühendem Stern bestehend, aus Sternschnuppen und Polarlicht. Wenn ich heute am Fenster stehe und der Himmel taghell ist in der Nacht, nur vom Leuchten der Sterne und des Vollmonds, trete ich so nah an das Fenster heran, dass ich nur noch Himmel sehe. Selten ist es so dunkel, dass ich die schwachen Sterne erkennen kann. Dann denke ich daran, wie ich als Kind das Haus hatte, und stelle mir vor, wie es mich in sich verbirgt; versuche mich in die Einfachheit zurückzutragen. Zwar gibt es den Tag, die Nacht und dazwischen die Dämmerung; der Tag hat bloß einen hellsten und die Nacht einen dunkelsten Moment, aber im Haus verliefen klare Linien zwischen den Dingen. Es gab Schwellen zwischen Räumen, Stellen, auf die Licht fiel, und solche, die im Schatten blieben, Kanten zwischen den kargen Wänden und dem Holzboden. Worte schnitten in die Stille, Aufgaben waren in genau gleich große Portionen geteilt, Linien auch zwischen uns, zwischen dem Haus und der Wiese und zwischen Großmutters Zuständen. Es war üblich, dass sie an seltenen Tagen abwesend blieb. Ich vermutete sie im Bett, zu zart, um Nahrung zu sich zu nehmen, kein Geräusch und kein Tageslicht ertragend. Dann durfte niemand in ihre Schlafkammer unter der Treppe kommen. »Sie erinnert sich an die Tage, bevor sie im Haus Zuflucht fanden«, sagte Naos manchmal, wie zu sich selbst. An den wachen Tagen hingegen verließ sie das Bett früh. Sie stand energiegeladen in der Küche und verbesserte ihr Keksrezept, las mythologische Geschichten vor und unterrichtete die Sternbilder, die zu ihnen gehörten. Es gab keine Nuancen zwischen den Zuständen, sie mischten sich lange nicht. Bis sich eines Tages etwas von der Abwesenheit in die wachen Tage zu schieben begann. Vielleicht lag es an meiner gesteigerten Beunruhigung durch Großmutters sichtbare Schwäche, dass mir Dinge auffielen, die ich zuvor übersehen hatte. Oder vielleicht geriet ich auf eine andere Umlaufbahn. Mir sind die Tage um das letzte Fest noch so klar, als wären sie erst einen Augenblick her. Ich wiederhole sie für mich, immer wieder, und mittlerweile bin ich mir nicht mehr sicher, ob sie sich genau so zugetragen haben oder sich meine Träume und meine Fantasie hinzumischen. Es müssen sich

Krümmungen in meiner Erinnerung ergeben haben, und doch bin ich mir sicher, dass es so, wie ich es erzähle, stimmt.

Mutter und ich saßen eines Morgens im Wintergarten und warteten auf die anderen. Über den Bäumen färbte sich der Himmel rosa und versprach einen sonnigen Tag. Die Nächte wurden schon seit einiger Zeit immer länger, aber trotzdem hatte ich wenig geschlafen. Ich konnte die Augen kaum offen halten, und die Bilder aus meinem Traum verschwanden nur langsam. Er hatte in Großmutters Kammer gespielt, die so groß gewesen war wie das Wohnzimmer. Der Kamin und die Glasglocke hatten an einem Fenster in der Kammer gestanden, Großmutters Sekretär war geöffnet gewesen und mit Büchern aus der Bibliothek gefüllt. Mit mir war noch eine Person im Zimmer gewesen, jemand mit einem Gesicht wie Naos', aber einem Körper wie Mutters. Großmutter war nicht aufgetaucht, nur ein bisschen Wäsche von ihr hatte wüst auf dem Boden gelegen. Ich hatte mich in dem Zimmer so frei bewegt, als wäre es mein eigenes und als hätte Großmutter mir nie zu verstehen gegeben, dass ich in ihrer Kammer nichts verloren hatte. Ich hatte im Traum das gewohnte Gefühl vermisst, eine Grenze zu überschreiten.

Wega betrat wenig später den Wintergarten mit einem Strahlen im Gesicht. Die letzte Nacht war klar gewesen, die erste nach einigen bewölkten Nächten.

Sie wirkte erfrischt, obwohl sie sicherlich die ganze Nacht vor dem Teleskop verbracht hatte. Auch Alrischa war hellwach. Sie setzte sich auf den Platz neben mir und drückte mich. Dann fragte sie: »Hast du was geträumt?«

Ich nickte. Wega lief um den Tisch, an mir vorbei, und drückte mir im Vorbeigehen einen Kuss auf den Kopf.

»Ich habe gar nichts geträumt«, sagte Alrischa.

Wega ließ sich neben Mutter fallen, wie Alrischa neben mich – mit einem Seufzen und den Händen auf den Oberschenkeln. »Hast du gestern Wega gesehen?«, fragte Wega Mutter, die nur zaghaft nickte. »Habt ihr eure Sterne gesehen?«, fragte Wega in Alrischas und meine Richtung und fuhr sich mit einer Hand durch das gelockte Haar. Alrischa antwortete: »Ich bin mir nicht sicher. Ich hatte einen, der könnte es gewesen sein.« Sie klang beiläufig, als sei es ihr nicht besonders wichtig. Ich schüttelte auf Wegas Frage hin nur den Kopf. Meine Hoffnung war nach den vergangenen sternlosen Nächten groß gewesen. Als ich Maia das erste Mal am Himmel gesehen hatte – als Großmutter mir von der Bibliothek aus die Plejaden gezeigt hatte –, war es genau diese Zeit gewesen; in der die Nächte länger wurden, Wega und Kapella ganz hell und deutlich leuchteten und immer wieder Wolken die Sicht versperrten. Ich hatte in der letzten Nacht zwar das Sternbild Stier gefunden, aber die Durchsicht war nicht klar genug gewesen, um einzelne Sterne im Plejaden-Nebel zu identifizieren. Er hatte bloß dagestanden wie eine Ahnung.

Mutter räusperte sich. Ihr Blick wanderte zur Flügeltür, und sie begann, mit einem Finger an ihre Tasse zu klopfen. Großmutter und Naos hatten den Tisch schon gedeckt, bevor Mutter und ich den Wintergarten betreten hatten, sie waren also wach und ließen auf sich warten. Mutter wirkte ungeduldig und hatte anscheinend keine große Lust, sich mit Wega über den Sternenhimmel zu unterhalten. Denn Mutters Stern Spika und Naos waren gerade die einzigen, die es nicht über den Horizont schafften. Man merkte es vor allem Mutter an; sie war oft müde, konnte Großmutter in keiner Situation die Stirn bieten und verzog sich häufig in die kinderfreie Zone, wenn ihre Pflichten es ihr nicht verboten.

Zum Glück fragte Wega nicht weiter nach, sondern schwelgte still in der Erinnerung an den Nachthimmel. Dabei strich sie sich sanft über ihren kugelrunden Bauch. Wegas Schwangerschaft war die erste, die ich miterlebte. Zu Beginn, als man es Wega noch kaum angesehen hatte, hatten wir uns viele Sorgen um sie gemacht. Sie hatte nur im Bett gelegen, viel geschlafen und gefiebert. Großmutter hatte ihr kalte Wickel gemacht. Die Anleitung dafür hatte sie einem Buch mit Hausmitteln entnommen, in dem auch die Kräutermischungen für Bauchschmerzen standen oder die

Rezepte für kühlende Cremes, wenn wir uns an den Öfen verbrannt hatten. Kalte Wickel gegen Fieber hatte ich auch schon bekommen. Einmal war Alrischa lange fiebrig gewesen, sodass wir alle um ihr Bett gesessen hatten, bis es ihr wieder besser ging. Diesmal aber war es Alrischa und mir verboten gewesen, Wega in ihrem Zimmer auch nur kurz zu besuchen. Manchmal hatten wir sie auf dem Sofa liegen sehen, hatten mitbekommen, wie Naos versucht hatte, ihr Essen zu geben, aber Wega hatte nur den Kopf geschüttelt und sich weggedreht. »Was ist mit Mama?«, hatte Alrischa Naos gefragt, ganz bleich um die Nase, und Mutter hatte geantwortet: »Deine Mutter ist in anderen Umständen.«

Die Erwachsenen wurden mit Wegas Umständen von einer Traurigkeit befallen, als wüssten sie etwas darüber, was Alrischa und ich nicht verstehen konnten. Die Traurigkeit verschwand auch nicht, als Wega wieder auf die Beine kam. Vorübergehend hatten Mutter und ich Alrischa auf unserem Weg zum Frühstück in ihrem Zimmer abgeholt, doch eines Tages war es wieder Wega, die Alrischa weckte. Alrischa wich nach Wegas Genesung für mehrere Tage kaum von ihrer Seite. Erst als sie sich sicher war, dass es ihrer Mutter nachhaltig besser ging, folgte sie wieder ihren eigenen Wegen. Alrischa und ich wussten nicht, was in Wegas Bauch passierte. Wir wussten zwar, dass Menschen als Babys begannen, und wir wussten auch, wie sie dann aussahen. Wir wussten, dass sie von den Müttern kamen; wir wussten vom Kommen und Gehen, von Leben und Tod, Wachsen und Altern. Aber wie das alles genau erfolgte, bekam ich zu diesem Zeitpunkt nicht zusammen. Ich vermutete nicht, dass in Wega ein Mensch heranwuchs, und bisher hatte es uns auch niemand so gesagt. Hätte ich es gewusst, wäre ich möglicherweise erleichtert gewesen, bald nicht mehr die Jüngste zu sein. Ich wäre eingefasst worden von zwei Personen, hätte nicht mehr nur Electra gehabt, die kleiner war als ich. Vielleicht hätte das neue Kind auch einen schwachen Stern gehabt. Wir hätten uns zusammentun und füreinander unsere Sterne am Himmel suchen können. Mit Alrischa ging das nicht, denn sie suchte meist nicht lange. Sie hielt viele Sterne am Himmel für ihren eigenen, jede Nacht einen anderen, auch dann, wenn Alrischa unmöglich zu sehen gewesen sein konnte. Niemand berichtigte sie darin, auch ich nicht. Statt uns auszumalen, wie es mit einem Baby im Haus sein würde, hielten wir Wegas Bauch bloß für eine Wasserblase, denn so nannte sie ihn.

»Was hast du geträumt?«, griff Alrischa unser Gespräch wieder auf, als die Stille begann, unangenehm zu werden.

»Nichts Besonderes«, antwortete ich. »Großmutter hat in ihrem Zimmer Bücher sortiert und Wäsche herumgeworfen, und ich habe ihr vom Flur aus zugesehen.«

Ich traute mich nicht, den Traum wahrheitsgetreu zu schildern. Kurz nach dem Aufwachen hatte ich für einen kleinen, wachen Moment vergessen, dass ich gar nicht in Großmutters Kammer sein durfte und mich dort nicht bewegen konnte, wie ich wollte. Doch bald war Scham für mein Verhalten im Traum durch die Erinnerung gesickert.

Als Naos und Großmutter den Wintergarten betraten, knurrte mein Magen bereits, und auch die anderen wirkten hungrig. Sie trugen dampfende Schüsseln in den Händen, und Naos murmelte »Guten Morgen« in seinen Bart. Er platzierte die Schüsseln auf dem Tisch und setzte sich, während Großmutter noch den Wasserkrug holte. Großmutter rüttelte an Wegas Schulter, als sie zu ihrem Platz ging, und Wega schreckte aus ihren Gedanken, riss die Augen auf, als würden sie ihr gleich wieder zufallen, und knackte der Reihe nach ihre Finger. Schließlich erhob sie sich, tippte mit ihrem Messer ans Glas, und auch wir anderen standen von unseren Stühlen auf. Ich faltete meine Hände vor dem Bauch, damit ich ganz stillhielt.

Als es einen Moment ruhig gewesen war, begann Wega die Geschichte von Navi zu erzählen, die schon als Kind eine mutige Person gewesen war. Navi hatte vor keiner Begegnung zurückgeschreckt, war durch Wälder gestreift, auf Hirschen geritten, mit Ottern geschwommen und mit Eichhörnchen auf Bäume geklettert. Eines Tages, zu einer Zeit, in der Navi in einer selbst gebauten Hütte auf einer Lichtung lebte, entschloss sie sich, auf eine lange Wanderung zu gehen. Sie band sich ihre stabilsten Schuhe, zog mehrere Kleidungsstücke übereinander und verstaute Nahrung und eine handliche Steinschleuder in den Jackentaschen. Sie füllte ihre Flasche, die sie um den Hals gehängt hatte, mit frischem Wasser und lief los, geführt nur von ihrem Kompass. Wenn es hell war, legte Navi unzählige Schritte zurück, und wenn die Dunkelheit eintrat, suchte sie sich einen Unterschlupf in den Bäumen, kleinen Höhlen oder unter Felsvorsprüngen. Als sie schon einige Tage gelaufen war, erreichte sie steiniges Gebiet. Der Boden wurde Fels, der Horizont klar und gerade, und an wenigen Stellen brach wildes Gewächs zwischen den Steinen hervor. Navi ließ sich von der veränderten Umgebung nicht beirren. Sie setzte einen Fuß vor den anderen, genauso, wie sie zuvor durch den Wald geschritten war. Doch bald hörte sie ein Grummeln hinter sich. Navi blieb abrupt stehen. Langsam und vorsichtig drehte sie sich um. Hinter ihr stand ein großer, brauner Bär. Er hatte liebe Augen, doch aus seinem Maul ragten spitze Zähne. Navi versuchte, ruhig zu bleiben, obwohl sie Angst hatte und am liebsten weggerannt wäre. Sie ging langsam rückwärts und ließ den Bären nicht aus den Augen. Dieser rührte sich nicht, machte aber auch keine Anstalten, sich von Navi abzuwenden. Der Abstand zwischen Navi und dem Bären wurde immer größer. Sie konzentrierte sich darauf, ihre Körperhaltung und das Tempo nicht zu ändern, so lange, bis sie sich schließlich außer Sichtweite des Bären befand. Irgendwann ließ sie sich erschöpft auf einen Stein fallen, atmete tief durch und hoffte, dass der Bär sie nicht einholen würde.

Ich mochte die Geschichte von Navi sehr, es war die erste gewesen, die ich wortgenau auswendig konnte, obwohl sich die Erwachsenen eher selten dazu entschieden, sie zu erzählen. Wenn ich eines Tages an der Reihe wäre, eine Geschichte zu erzählen, wollte ich die von Navi wählen. Ich überlegte mir bereits, wie ich sie erzählen, was ich betonen würde, und ob ich mir erlauben würde, ein paar Worte zu verändern. Navis Geschichte stellte ich mir meist vor den Fenstern vor, in dem Wald, auf den ich jeden Tag blickte. Ich erzählte es keinem, dass meine Gedanken die Trennung der Welt vor den Fenstern und der Welt in den Geschichten ausblenden konnten. Manchmal veränderte ich sie und ließ Navi in Flammen aufgehen.

Als die Worte der Geschichte im Raum abgeklungen waren, tippte Wega erneut an ihr Glas, wir setzten uns wieder, und Naos tat sich seine Portion Haferbrei mit einem lauten Klatschen auf. Er gab die große Schüssel weiter an Großmutter, und ich bekam sie von Alrischa. Ich nahm mir zügig, denn Wega wirkte ungeduldig. »Komm, nimm dir schnell und gib weiter«, sagte sie und kaute auf ihrer Lippe herum. Der Brei machte mich schnell satt, weshalb ich mir oft nur eine Kelle nahm. Er schmeckte voll und fad, selten bemerkte ich eine Note Zimt oder etwas Zucker. Während des Essens unterhielten wir uns wenig. Nur das kratzende Geräusch von Löffeln, das leise Schmatzen und ab und zu ein Räuspern. Nach dem Essen stellten wir die schmutzigen Schüsseln zu Stapeln zusammen. Das Porzellan klapperte und Großmutters Lider zitterten, als hätte sie etwas Feines im Auge. Sie wirkte angespannt und erhob sich als Erste. Anstatt wie üblich die Stapel mit Wega wegzutragen, hielt sie inne und wies uns mit einer Handbewegung an, noch sitzen zu bleiben. Ich war verwundert und schaute zu den Erwachsenen. Die falteten die Hände über dem Tisch und schauten aufmerksam zu Großmutter, also tat ich es ihnen gleich.

Großmutter atmete tief durch. »Das nächste Fest steht bevor«, sagte sie. Irritiert blickte ich in die Runde. Niemandes Geburtstag stand an. Als Nächster würde Naos Geburtstag haben, in achtunddreißig Tagen, kurz vor dem Ende des Jahreszyklus. Wir feierten nur die Geburtstage, außerhalb dessen gab es keine Feste – jedenfalls hatte ich das noch nie erlebt oder davon gehört. Auch Alrischa wirkte verunsichert, doch sie schmunzelte, denn sie liebte die Feste. Für eine Weile sagte niemand etwas. Mutter presste die Lippen zusammen, als wollte sie Wörter davon abhalten, aus ihrem Mund zu sprudeln. Auch Naos und Wega freuten sich nicht. Die Situation lud Großmutters Worte auf, sie wogen so schwer, dass Alrischa sich bald vorsichtig zu mir beugte und flüsterte: »Das ist doch schön, oder nicht?« Ich zuckte mit den Schultern. Wega hatte Alrischas Worte gehört und sagte laut: »Natürlich ist das etwas Schönes. Warum auf den nächsten Geburtstag warten.«

Naos stand auf und umarmte Großmutter lange. Er legte die Arme lose um sie, als wollte er sie nicht einengen, und hielt seinen Kopf etwas von ihrem weg. Das tat er immer so, wenn er jemanden umarmte. Wega türmte sich einen Geschirrstapel auf die ausgebreitete Hand und verließ mit Naos den Raum. Kurz sah es so aus, als wollte auch Mutter Großmutter eine Umarmung geben. Sie stockte, als sie an Großmutter vorbeiging, folgte dann aber Naos und Wega, ohne Großmutter weitere Beachtung zu schenken.

»Backen wir dann heute etwas?«, wollte Alrischa von Großmutter wissen. Die nickte. »Ja, wir backen, und wenn du möchtest, könntest du wieder die Platzkarten machen.«

Alrischa klatschte in die Hände. »Das mach ich!«, rief sie.

»Und machst du sie so schön und ordentlich wie nie?«, fragte Großmutter.

Alrischa nickte. Ihr war anzumerken, dass sie Großmutters kurze Zuwendung mit Stolz erfüllte. Dann wandte Großmutter sich mir zu.

»Komm, Maia, wir gehen zum Spülen.« Großmutter

nahm einen Stapel Schüsseln. Nur noch das Besteck lag da, das Alrischa abräumte, und der beinah volle Wasserkrug.

»Würdest du den Krug für mich mitnehmen, Maia?«

»Ich?«, fragte ich verwundert. Ich war noch nie darum gebeten worden, den Tisch mit abzuräumen.

»Ja, du. Ich denke, dieser neuen Aufgabe bist du gewachsen.«

Vorsichtig griff ich mit beiden Händen den Krug, als hätte ich zuvor niemals etwas mit meinen Händen getragen. Ich folgte Großmutter in die Küche, auch Alrischa lief mit uns, das Besteck wie Blumensträuße in den Händen.

*

Nach dem Frühstück stand an diesem Tag kein Unterricht an. Großmutter zog sich in ihre Kammer zurück, und Mutter begleitete mich in mein Zimmer. Dort öffnete sie die Türen des Wandschranks, während ich mich geduldig auf das Bett setzte und abwartete, was Mutter aus dem Schrank holen würde. Der Wandschrank war in die Mauern eingelassen, und seine Türen hatten die genau gleiche Textur und Farbe wie die Wände selbst. Nur sein Umriss und drei kleine Griffe deuteten darauf hin, dass sich dort etwas verbarg. Mutter fuhr über die Schultern der Kleider und griff sorgfältig drei aus der Reihe heraus – ein weißes, ein graues und ein schwarzes. Mutter wählte immer vor dem Fest mit mir aus, was ich zum Festakt tragen würde. Sie hielt das graue Kleid eine Armlänge von sich, drehte sich damit zu mir und forderte mich mit einem Kopfnicken zum Stehen auf. Ich rutschte auf die Bettkante vor und sie griff den Saum meines Unterhemds. »Das kann ich selbst machen«, sagte ich, aber Mutter schüttelte unbeeindruckt den Kopf, zog mir erst das Unterhemd vom Leib und dann das Kleid über. Als ich schließlich vom Bett aufstand und der Stoff an mir herunterfiel, dachte ich kurz, dass Mutter lächelte, aber stattdessen sagte sie: »Das Kleid gehörte Tante Wega, als sie so alt war wie du. Es passte wie angegossen.« Der fließende graue Stoff lag kreisrund um meine Füße und dehnte sich unangenehm über meiner Brust. Mir passten die Kleider selten, an einer Stelle schnürten sie mir immer den Atem ab. Ich zog mich zügig um, aber auch das weiße Kleid gefiel mir nicht. Die Nähte scheuerten auf meiner Haut, und ein strenger Anisgeruch stieg mir in die Nase. Mutter fuhr mit den Händen die hellen Seidenärmel entlang, nickte zufrieden und sagte: »Darin siehst du aus wie eine Erwachsene.« In ihrer Stimme klang Anerkennung mit, als sei das Erwachsenaussehen an sich etwas, das nur wenige schafften und das sich erst nach harter Arbeit einstellte. Sie machte einen Schritt auf mich zu, strich sanft meinen Arm entlang und war mir kurz so nah, dass ich auf ihrer Oberlippe leichten Schweiß erkennen konnte. Ich spürte, wie sie weich wurde, beinahe hätte sie mich umarmt, dachte ich, doch sie wendete sich ab und griff nach dem schwarzen und dem grauen Kleid. Sie wollte sie schon zurück in den Schrank hängen, aber ich rief: »Ich will das Schwarze anprobieren!« Ich nahm ihr das Kleid aus den Händen und schlüpfte in die Ärmel, ließ die Rückenschnürung offen und drehte mich stolz darin. »Trauer steht mir, hat Alrischa gesagt!« Die Bänder der Rückenschnürung flogen wie Zöpfe.

Als ich innehielt, sah ich direkt in Mutters erschüttertes Gesicht. Nichts regte sich an ihr, und die Härte, die kurz aus ihrem Körper gewichen war, war wieder da. Sie packte mich, zog mich ruppig zu sich und riss an der Schnürung. Meine Haut klemmte sich darin ein, und meine Rippen beengten die Lungenflügel. »Nicht so fest«, japste ich, aber Mutter zog noch zwei weitere Male, bis ich kein Wort mehr herausbekam. Dann machte sie eine Schleife und drapierte das weiße Kleid auf meiner leeren Matratze, genau dort, wo ich zuvor gelegen hatte. »Trag es«, sagte sie und verließ das Zimmer.

Ich schnappte nach Luft und tastete panisch nach den Schlaufen, erreichte sie aber nicht, meine Finger waren zu feucht und zu zittrig. Mit Mühe beugte ich mich zur Schublade meines Nachttischs und holte die Haarschere hervor, mit der Alrischa und ich uns manchmal gegenseitig die Spitzen schnitten. Ich spürte das kühle, scharfe Scherenblatt auf der Haut, und kurz fürchtete ich, in mein eigenes Fleisch zu schneiden, aber ich traf die Leinenbänder, schnitt sie kaputt, bis ich den Stoff von mir schälen konnte. Dann sank ich auf mein Bett neben das weiße Kleid.

Es sollte seinen Anisgeruch am Festtag nur einen Augenblick lang tragen. Als das Fest begann, war er bereits dem Geruch von frischem Schweiß, Qualm und Gebäck gewichen. Es sog weitere Gerüche in sich auf und ließ sie nicht wieder los – Kaffeedampf, Tränensalz und einen seltsam metallischen Geruch.

Als mein Atem wieder ruhiger ging, lief ich in Alrischas Zimmer. Die stand an der Kommode und kramte in der Bastelschublade. Sie schaute mich besorgt an. »Was ist mit dir?«, fragte sie.

»Ich habe mich eben verschluckt«, antwortete ich.

Ich vertraute Alrischa zwar vieles an, aber das Verhältnis zu Mutter war etwas, das ich schon immer für mich behalten hatte. Vielleicht war es mir unangenehm, weil Alrischas Verhältnis zu Tante Wega doch ein viel sanfteres war, und etwas sagte mir, dass die Härte zwischen Mutter und mir ebenso mein Verschulden war wie ihres.

»Soll ich weißes Papier nehmen für die Platzkarten oder diesmal vielleicht etwas mit Farbe?«, fragte sie, als ich mich auf ihr Bett fallen ließ.

»Ich würde Weiß nehmen«, sagte ich. Alrischa nickte und holte vorsichtig einige Bögen hervor. Sie legte sie auf ihrem Schreibtisch so behutsam ab, als könnten sie bei der kleinsten Unachtsamkeit zerbrechen.

»Ich will die Schriftzüge diesmal ein paarmal üben. Du hast Großmutter gehört, die Kärtchen sollen so schön werden wie nie zuvor.«

Alrischas Wangen glühten, wie sie es immer taten, wenn ein Fest bevorstand. Eigentlich war ein Fest etwas, worüber auch ich mich freute, und oft konnte ich es kaum erwarten, dass endlich die Torten gebacken und die Tafel festgerecht gedeckt wurde. Zuletzt hatten wir Großmutters Geburtstag gefeiert. Alrischa hatte den Tischschmuck allein angefertigt, ich hatte zum ersten Mal mit Naos die Fenster geputzt, und Wega hatte einen Tee kreiert, der so voll geschmeckt hatte wie Kaffee. Der Sternenhimmel war klar und wunderschön gewesen. Wir hatten nach dem Fest noch lange gemeinsam in der Bibliothek durch das Teleskop geschaut. Großmutter hatte uns Kapella und Sham gezeigt, sogar Spika war zu sehen gewesen, und Wega natürlich. Es war ein rundum gelungenes Fest gewesen, aus dem ich neue Energie für unseren Alltag gezogen hatte, doch diesmal trug ich eine diffuse Anspannung in mir. So sehr ich auch überlegte, fiel mir kein Grund ein, weshalb wir außerhalb der Geburtstage plötzlich ein Fest feierten.

»Hattest du auch das Gefühl, dass von der Ankündigung alle schockiert waren?«, fragte ich Alrischa schließlich.

»Hm. Nein, nicht wirklich. Warum?«

Alrischa ging fahrig zwischen ihrem Schreibtisch und der Kommode hin und her und legte sich weitere Bastelutensilien bereit. Sie hatte keinen Augenblick über meine Frage nachgedacht.

»Ich weiß nicht. Die Erwachsenen wirkten so betroffen«, antwortete ich. Nachdem Alrischa sich schweigend an ihren Schreibtisch gesetzt hatte, griff sie nach einem Schmierpapier und tauchte ihren Füller ins Tintenfass. Ich trat neben sie und sah, wie ihre Hände Bögen über dem Papier formten.

»Du warst dir aber auch unsicher, oder? Du hast gefragt, ob das nicht etwas Schönes sei«, sagte ich in das monotone Kratzen des Füllers hinein. Alrischa zuckte mit den Schultern. »Sei doch froh, wenn wir ein Fest feiern«, sagte sie. »Es ist sowieso schon schrecklich langweilig, tagein, tagaus dasselbe. Du musst immer hinter allem gleich das Schlimmste vermuten, Maia.«

Ihr Blick war versunken ins Papier. Das Einzige, was sich an ihr bewegte, waren ein paar einzelne Haare, die ihr in die Stirn hingen und von ihrem Atem angezogen und wieder weggestoßen wurden. Ich schaute ihr noch eine Weile zu, beobachtete, wie sich die Härchen hoben und senkten. Dann verschwand ich im Flur und ließ sie in Ruhe. Wenn Alrischa sich auf etwas konzentrierte, dann konnte sie alles andere völlig ausblenden.

Von der unteren Etage roch es nach dem Ofen in der Küche. Er hatte einen speziellen Geruch, immer hing etwas von Teig darin, selbst wenn gerade keiner gebacken wurde. Langsam ging ich die Treppe hinunter und hörte aus der Küche das laute Schlagen von Schneebesen und das Knistern und Knacken von brennendem Holz. Als ich eintrat, standen Tante Wega und Naos nebeneinander an der Arbeitsfläche.

»Dein Schnee wird sowieso fester als meiner«, sagte Tante Wega und stieß Onkel Naos leicht in die Seite, um ihn in seiner schnellen, schlagenden Armbewegung zu stören.

»Wenn du schon aufgegeben hast, dann ganz sicher«, entgegnete Onkel Naos und schlug unbeirrt weiter. Ich ließ meinen Blick durch den Raum wandern und entdeckte einen Krug auf dem Tisch. Ich ging hinüber, das Holz knarzte unter meinen Schritten, so vorsichtig ich auch ging. Der Krug war gefüllt mit getrenntem Eiweiß – eine transparente, dicke Flüssigkeit, die kaum Geruch abgab. Als ich den Krug hochheben wollte, bemerkte ich, wie schwer er war; kaum zu bewegen für mich. In der Masse entdeckte ich ein paar weiße, dicke Fäden und Knubbel, und als ich mir vorstellte, sie in meinem Mund zu haben, musste ich fast würgen. Ich wendete mich vom Krug ab, Wega und Naos beendeten gleichzeitig ihr Schlagen, und sagte: »Das sieht eklig aus.« Wega kam auf mich zu.

»Ohne den Schnee werden die Tortenböden aber

nicht locker«, sagte sie und wischte sich mit dem Handrücken etwas Schweiß von der Stirn.

»Welcher Schnee ist denn schöner geworden, findest du?«, fragte Naos und hielt mir beide Schüsseln hin. Ich überlegte. Naos' Schnee war etwas wattiger, aber die Farbe von Wegas Schnee war dichter.

»Dieser!« Ich zeigte auf Wegas Schüssel.

»Natürlich!«, entfuhr es Naos. »Das ist kein neutrales Urteil.«

Wega zuckte mit den Schultern.

»Dann nehmen wir also meinen Eischnee für den ersten Teig«, sagte Wega und nickte triumphierend.

»Macht Großmutter nicht den Teig?«, fragte ich. Normalerweise war sie es, die die Zutaten zu Teig vermischte, bevor Naos ihn buk.

»Doch, natürlich, Schatz«, antwortete Wega. »Das lässt sich deine Großmutter nicht nehmen.« Sie stellte den Eischnee auf der Arbeitsplatte ab und rieb sich die Hände. Wega klang völlig sicher, dass Großmutter den Teig zubereiten würde, doch ich sah den zweifelnden Blick, den sie Naos zuwarf. Für einen Moment spiegelte sich meine Beunruhigung in Wegas Gesicht. Doch der Moment war so schnell vorbei, dass auch ich versuchte, meine Sorge um Großmutter und das bevorstehende Fest wieder in eine Ecke zu drängen, in der schon viele Fragen standen, die ich wie Kleidungsstücke aussortiert hatte, zumindest für eine Jahreszeit.

»Wir holen Großmutter gleich für den Teig«, sagte Wega und nickte wieder.

*

Für die Nachmittagsgeschichte am Tag der Festankündigung saß ich mit Electra im Schoß neben Alrischa auf dem Sofa. Meine Haut klebte am Leder, und auf dem Glastisch standen ein Porzellanteller mit Haferkeksen und sechs große Tassen dampfenden Kräutertees. Alrischa griff einen Haferkeks, kaute die Keksrundung entlang und schaute immer wieder zur Flügeltür. Wir erwarteten Großmutter, die darum gebeten hatte, dass wir ins Wohnzimmer vorgingen und sie noch einen Moment allein in der Küche ließen. Zuvor hatte sie tatsächlich den Teig für die Tortenböden selbstständig zubereitet, doch Naos hatte ihr dabei über die Schulter geschaut.

Mutter und Tante Wega saßen mir und Alrischa gegenüber, und Tante Wegas Bauch überragte beinahe die Lehne. Es war ein ungewohnter Anblick, dass sich ihr Körper so schnell veränderte. Die Falten auf Großmutters Haut und die grauen Haare in Naos' Schopf kamen seit mehreren Jahren, aber so langsam, dass man ihr Auftreten kaum bemerkte. Es war, als wären sie schon immer da gewesen, als fiele es einem nur genau jetzt zum ersten Mal auf. Mutter gewann ab und zu an Adern dazu, die sichtbar unter die Haut traten, Alrischas Haar unter den Achseln war ebenfalls über sicherlich zwei Jahre zu seiner Dichte herangewachsen, und ich wuchs gleichmäßig und langsam jeden Tag ein winziges bisschen an irgendeiner Stelle meines Körpers. Wegas Bauch aber wuchs jeden Tag zusehends, und auch ihre Brüste und Beine schwollen an. Manchmal dachte ich, sie würde stündlich mehr. »Bald kann ich die Tasse loslassen, so prall ist die Wasserblase«, sagte sie jetzt. Sie hatte ihre Tasse auf dem Bauch abgestellt und deutete an, wie sie die Hand von der Tasse löste. Onkel Naos lachte darüber. Er kratzte in seinem Bart, verzog dabei den Mund zu runden Formen, und als er die Hände schließlich aus dem Bart nahm, begann er, mit den Nägeln helle Striche in das Leder zu zeichnen. Er musste immer etwas zu tun haben mit den Händen. »Sonst wird er schwatzig«, sagte Mutter oft.

Schließlich erschien Großmutter auf der Schwelle. Sie wirkte blass im taghellen Licht des Wohnzimmers. Schwach und durchlässig, und ich merkte, wie Alrischa etwas näher zu mir rückte. Sie grub ihre Hände unter meinen Arm und lehnte sich an. Die anderen richteten sich kerzengerade auf, ich konnte ihre Mimik nicht deuten. Großmutter nahm neben Onkel Naos Platz, dabei stützte sie sich leicht auf ihm ab. »Die Haferkekse schmecken köstlich«, sagte Naos und kratzte weiter am Leder herum. »Großmutter, erzähl uns von Großvater!«, bat Alrischa und klatschte in die Hände. So laut, dass Großmutter erschrocken blinzelte. Kurz dachte ich, sie würde kein Wort über die Lippen bringen, weil sie lange zögerte, aber dann begann sie doch; ihre Stimme gewohnt geschwungen an jedem Satzende. Sie erzählte, wie Großvater durch verschiedene Landstriche gelaufen war; er hatte Küsten passiert, das Meer gerochen, hatte Bergkämme überquert und Täler durchschritten. Er erreichte Felder, auf denen die Erde Mais gab und Rüben, und legte sich an den Feldrändern in die Sonne. In der Nacht schaute er den Sternen zu und studierte die Sternbilder; meist bis er im Morgengrauen schließlich einschlief und schon wenige Stunden später von drückender Hitze wieder geweckt wurde. Auf seinem Weg durch die Felder traf er bald einen Bekannten, der berichtete, dass Tausende Schritte weiter südlich der Sternenhimmel so hell und klar war wie nirgends sonst. Der Bekannte lieh Großvater ein Pferd, auf dem er den langen Weg so schnell zurücklegte, dass er eine Nacht später bereits den Ort erreicht hatte – der Sternenhimmel tatsächlich so hell und klar wie nirgends sonst. Er konnte die kleinsten Sterne sehen, die entferntesten Nebel und mit bloßem Auge seinen eigenen Stern – Sham. Dort lag er jede Nacht, sah zu, wie sich die Milchstraße langsam über ihm drehte wie ein langer Uhrzeiger. Er beobachtete die Himmelskörper, wie sie sich in andere Positionen schoben und über den Himmel hinwegzogen.

So erzählte Großmutter die Geschichte über Großvater und den Ort, wo er jetzt war. Am Ende blieb ihr die

Luft weg. Kurz wirkte es so, als wollte sie weitererzählen oder als wäre sie in Gedanken bei einer Geschichte, die nur sie kannte. Die Geschichten waren bildlose Gestelle für mich. Sie waren lediglich verknüpft mit dem Geschmack von Hafer und Butter, dem Geruch von Haut und Holz. Einmal hatte ich Großmutter gefragt, wie das Pferd aussah, von dem sie in der Geschichte erzählte. Großmutter hatte erst mit den Schultern gezuckt. Dann hatte sie geantwortet: »Du kennst doch den Umriss, der sich ergibt, wenn man die Sterne des Pegasus' verbindet, oder?«

Ich nickte.

»Etwa so kann man sich ein Pferd vorstellen, denke ich.«

Bald erhob Großmutter sich vom Sofa, obwohl sie noch keinen Schluck von ihrem Tee genommen hatte und noch ein paar Kekse übrig waren. Sie verschwand im Flur, und Mutter ging ihr hinterher. Ich wusste nicht, wo mein Platz in diesem veränderten Ablauf des Nachmittags war. Ich ging davon aus, dass die beiden jetzt abspülen würden und nicht ausgetrunken hatten, weil sie es eilig hatten. Schließlich gab es für das Fest viel vorzubereiten, wie jedes Mal. Ich wollte ihnen folgen und lief ein paar Schritte in Richtung Flur, doch da spürte ich eine Hand an meinem Arm. Alrischa hielt mich fest. »Wo willst du hin?«, fragte sie, und in diesem Moment stand Onkel Naos vom Sofa auf, sodass das Leder quietschte. Er ging zum Grammophon hinüber und Alrischa rief: »Moon River!« Onkel Naos nickte und nahm sich die Kette vom Hals, an der ein kleiner Schlüssel baumelte. Er passte zum Schloss an der Abdeckung des Grammophons. Naos ließ eine Vinylscheibe aus ihrem Pappumschlag gleiten und setzte die Nadel auf. *Moon river, wider than a mile*, Alrischa zog mich in die Mitte des Raumes, *I'm crossing you in style some day.* Sie bewegte ihre Arme zur Musik. Ich ordnete die Stimme im Lied der Stimme von Mutter zu, sie klang ganz ähnlich, *wherever you're going, I'm going your way.* Zu dieser Zeit verstand ich die gesungenen Worte nicht. Alrischa und ich sangen meist in einer Fantasiesprache mit. Ich sollte die Texte erst viel später entschlüsseln, wenn ich die Melodien aus dem Haus ganz plötzlich wiedererkannte. Bald begann ich, mich um die eigene Achse zu drehen, und rutschte auf den glatten Strümpfen von Alrischa weg und wieder auf sie zu. *Two drifters, off to see the world*, Alrischa ließ sich langsam von mir durchs Wohnzimmer drehen. Unsere Hände beschrieben die Bohlen des Holzbodens, Electra segelte durch die Luft, *there's such a lot of world to see*, durch die Fenster fielen Lichtkegel auf uns, nur auf uns und unser Drehen. Wenn das Rauschen der Stille und des Windes von Naos' Grammophon durchdrungen wurde, setzte sich etwas in mir in Bewegung. Die Melodien von Naos' Liedern blieben mir oft noch tagelang im Ohr, sie wurden zu meiner eigenen Stimme, ich summte sie auf meinen Wegen durch das Haus, lief im Takt. Ich schliff mit den Füßen über den Holzboden, drehte mich auf den Zehen, tippelte und machte einen großen Schritt für jedes gesungene Wort. Das Tempo, mit dem ich mich durchs Haus bewegte, veränderte sich mit jedem Ohrwurm und ließ meine Schritte ganz unterschiedlich klingen.

Nachdem Onkel Naos *Moon River* einige Male in Schleife gespielt hatte, ließ sich Alrischa erschöpft neben Tante Wega auf das Sofa fallen. Sie war die ganze Zeit über sitzen geblieben, hatte ihren Bauch gestreichelt und ab und zu spitz aufgelacht. Sie rieb Alrischas Rücken, der lose Schweiß auf ihrer Haut sog sich in den Stoff und hinterließ dunkle Flecken. Als Alrischa wieder bei Atem war, fragte sie: »Darf ich deinen Bauch hören?«

Tante Wega rollte ihr Oberteil hoch, bis ihr Bauch wie eine Glatze in ihrem Schoß lag. Alrischa drückte ein Ohr an die Seite des Bauchs, ihre Augen wurden groß, und als Tante Wega sah, wie ich untätig im Raum stand und ihnen zusah, klopfte sie auf den freien Platz neben sich. Ich folgte ihrer Aufforderung, mich hinzusetzen, und ließ meinen Kopf ebenfalls auf ihren Bauch sinken. Das Geräusch darin klang wie das, das ich hörte, wenn Mutter mich beim Baden untertauchte, um die Seife von mir abzuwaschen – das stumme Fliegen von Haaren im Wasser.

»Was ist da drin?«, fragte ich.

»Wasser«, antwortete Tante Wega, und ich nickte wissend, als hätte ich sie nur getestet.

»Aus dem Wasser entsteht etwas«, sprach Wega weiter. »Viel heller und größer, als du es dir denken magst.«

*

Für den Rest des Tages tauchten Mutter und Großmutter nicht mehr auf. Ich suchte sie auf der oberen Etage, in der Bibliothek und im Bad. Ich klopfte sogar an Großmutters Schlafkammer, lief mehrere Male die Flure ab und wartete vor der kinderfreien Zone. Der Himmel hatte bereits dunklere Töne angenommen, als ich die Suche aufgab und in die Küche ging, um die Tassen und Teller von der Nachmittagsgeschichte in die Regale zu räumen. Drei Wände der Küche waren mit Regalflächen umsäumt, die Regalböden erstreckten sich ohne Unterbrechungen von der Tür über die Sitzecke hinweg, bis dorthin, wo der Vorratsschrank stand und die Arbeitsfläche begann. Gerade befanden sich keine Gläser zum Auffüllen auf dem Boden, alles war an seinem geordneten Platz. Nur links neben der Spüle stapelte sich das Geschirr vom Nachmittag, nicht rechts, wo ich es sonst herholte. Ich griff nach einer Tasse und sah, dass noch Reste von Tee darin waren. Ich setzte mich an den Küchentisch, stützte das Gesicht in die Hände und wartete darauf, dass Großmutter kam und alles abwusch und Mutter dann abtrocknete.

Während ich wartete, sah ich zu, wie eine kleine Motte auf dem Tisch vor mir landete. Ihre Flügel waren lang nach hinten gestreckt, die Muster darauf wie symmetrische Tintenflecke. Großmutter schlug immer mit der flachen Hand auf die Motten, sie hinterließen Male auf ihrer Handfläche. Sie wusch sich danach selten die Hände, die Male schienen ihr egal zu sein und gehörten zu ihrer Haut wie Leberflecke.

Nach einer Weile spendete die Sonne kaum noch Licht. Im Haus war es still. Nirgends Großmutters kurze, feste Schritte zu hören, wie sie auf die Küche zulief, um die Aufgabe zu erledigen. Die Konturen der Küche verwischten langsam in der Dämmerung. Weil ich Naos und Großmutter mit den Streichhölzern nicht in der Nähe wusste, entschloss ich mich, die Tassen mit den Teeresten und die Teller mit den Kekskrümeln in die Regale zu sortieren, bevor ich nicht mehr sehen konnte, welcher Stapel der richtige war. Ich schob die Krümel auf den Tellern an den Rand, und es knirschte leise, als ich sie aufeinanderstellte. Ich sortierte die Teller an der rechten Wand ein, die Tassen auf dem Regalbrett genau darüber.

Im Anschluss lief ich ins Wohnzimmer und setzte mich an den Esstisch. Mein Magen knurrte, und ich wartete darauf, dass Tante Wega und Großmutter das

Abendessen hereintrugen und vielleicht Onkel Naos die Geschichte von Mira erzählen würde, wie sie im Schnee spazieren ging, denn das war seine Lieblingsgeschichte. Die Zweige der Eiche kratzten am gläsernen Dach des Wintergartens, und bald vernahm ich das Quietschen von Leder im Wohnzimmer. Vorsichtig stand ich auf und begab mich zur Sofaecke. »Geh nach oben, Maia.« Naos' verschlafene Stimme drang aus der Dunkelheit, und erst als ich näher an eines der Sofas herantrat und mich zur Sitzfläche beugte, konnte ich schließlich sein Gesicht ausmachen, kaum eine Handbreit von meinem entfernt. »Ich habe Hunger«, sagte ich und tippte Naos leicht auf die Stirn. »Und es gab noch keine Geschichte.«

»Morgen«, antwortete Onkel Naos. Mir stieg ein beißender Geruch aus seinem Mund entgegen, der mich zurückweichen ließ. Ich lief zu dem Platz, auf dem ich am Nachmittag gesessen hatte, und tastete über die Sitzfläche, bis meine Hand auf Electra traf. Ich drückte sie an mich, und als Naos sich geräuschvoll auf dem Sofa drehte, tat ich, was er mir aufgetragen hatte, und verschwand.

Bevor ich ins Bett ging, suchte ich Alrischa in ihrem Zimmer auf. Sie saß wieder am Schreibtisch, ihre Haut glänzte silbern in der Dunkelheit, und der Füller kratzte über das Papier, das vor ihr lag; erzeugte das monotone Geräusch, das schon am Vormittag das Zimmer erfüllt hatte. Ich trat neben sie und sah ihr über die Schulter. Sie schrieb in geschwungenen Buchstaben *Kapella* auf eine Platzkarte, die sie an den Rändern mit Blattgold versehen hatte. Ihre Fingerspitzen waren blau von der Tinte, aber die Platzkarten waren fleckenlos geblieben. Alrischa war hochgewachsen, und trotzdem kam ich mir in diesem Moment größer vor, als sie es war. Die Angst hat sie eine halbe Länge gekostet, dachte ich manchmal. »Ich brauche noch einen Moment, dann komme ich runter«, sagte sie in der Annahme, dass die Abendgeschichte und das Essen noch ausstünden. Sie legte Großmutters Platzkärtchen beiseite, nahm sich ein neues rechteckiges Papier vom Stapel und faltete es halb. »Du siehst doch gar nichts mehr«, sagte ich, aber Alrischa reagierte nicht. Sie knickte die oberen Ecken auf die mittige Linie des Papiers. Die Spitze nach unten, mit dem Fingernagel über die Papierkante, die Ecken zur mittigen Linie. Dann drehte sie das Papier um und machte zwei Tragflächen. Als sie fertig war, warf sie den Papierflieger über ihren Schreibtisch hinweg; er schnitt durch die Luft und schlug gegen die Fensterscheibe. »Damit fliegen wir irgendwann zu den Sternen«, flüsterte sie. Ich schaute auf die Stelle auf dem Glas, wo der Flieger aufgekommen war. Alrischa lief ans Fenster und drückte ihre Nase dagegen. »Mit bloßem Auge sieht man heute nichts«, sagte ich zu ihr. Alrischa wirkte abwesend. Sie malte mit dem Finger Kreise in die von ihrem Atem beschlagene Stelle.

»Etwas stimmt nicht«, sagte ich schließlich leise zu Alrischa.

»Was meinst du?«, fragte sie und starrte weiterhin auf die Scheibe. »Es gibt keine Abendgeschichte«, entgegnete ich, etwas zu laut, sodass ich befürchtete, die Wände würden meine Stimme nicht halten und die Worte etwas entlarven. Da drehte Alrischa sich unsicher zu mir um. »Es ist ja auch schon dunkel. Vielleicht liegt das am Fest, die Feste verändern doch immer alles ein bisschen. Du hast dich schon oft geirrt, dass *etwas nicht stimmt*«, sie betonte die Worte so, dass klar war, dass sie sich ein wenig über mich lustig machte, »oder nicht?«

Ich entgegnete: »Großmutter ist nach der Nachmittagsgeschichte einfach verschwunden, Alrischa. Sie hat das Abendessen ausfallen lassen. Das ist noch nie passiert.«

Alrischas Blick veränderte sich, und ich sah, wie ihre Lippe leicht anfing zu beben.

»Was, denkst du, ist mit Großmutter?«, fragte sie, plötzlich erschrocken von meinen Worten. Auch ihre Stimme bebte, und ich sah, wie die Angst langsam und unaufhaltsam in ihr aufstieg. Alrischas Stimmung konnte von völliger Überzeugung, dass alles in Ordnung war, innerhalb eines Augenblicks in haltlose Angst umschlagen. Sofort schüttelte ich den Kopf und legte meine Hände auf ihre Oberarme. »Es liegt bestimmt nur am Fest«, versuchte ich, die Angst wegzudrücken, aber Alrischa ließ sich schon an die Wand und auf den Boden sinken, als hätte sie ganz plötzlich eine große Erschöpfung überkommen. Ich setzte mich neben sie und nahm ihre Hand. Sie krallte ihre Fingernägel in meine Haut und flüsterte: »Du sagst doch immer, auch die Sonne ist nur ein Stern, richtig?« Ich nickte. »Wichtig für die Erde, aber unbedeutend für den Weltraum«, sprach ich weiter. »Es ist alles in Ordnung.«

An manchen Tagen fragte ich mich, was mit Alrischa passiert war. Ich erinnerte mich an eine Zeit, da hatte sie die Angst noch nicht gekannt und mich an ihrer Hand durch das Haus geführt, neugierig in alle Ecken geschaut. Vielleicht war sie doch etwas anders als der Stern Alrischa, nämlich veränderlich, hatte eine schwankende Leuchtkraft, die sich nicht erklären ließ. Sie wechselte manchmal so schnell zwischen ihren Stimmungen, als würde sie flimmern. Alrischa flimmerte, und die Vorstellung, dass auch Großmutter von nun an flimmern würde, machte mir Sorgen. Mir fehlte es, mich an Alrischa zu lehnen. Es ging nicht, weil sie sich meist an mich lehnen musste. Ich wollte nicht auch noch die Stütze verlieren, die Großmutter mir war, und als ich an diesem Abend allein in meinem Zimmer auf dem Bett lag, kamen mir in der körperlichen Entspannung die Tränen. Es entluden sich die Eindrücke des Tages, die ich nicht teilen konnte, und vielleicht weinte ich in der Hoffnung, jemand würde mich hören und fragen, was los sei. Tatsächlich kam bald Wega in mein Zimmer, und ich dachte, sie würde mich in den Arm nehmen, mich trösten, als sei sie die Mutter und ich das Kind. Doch sie lief geradewegs auf mein Teleskop zu, beugte sich hinunter zum Okular und kniff ein Auge zu. Sie beachtete mich nicht, und ich beobachtete still, wie sich der Bügel ihrer Sonnenbrille vom Ohr abhob und sie sie schließlich in ihr Haar steckte. Ich wunderte mich, dass Wega nachts ihre Sonnenbrille trug. Ich war mir nicht sicher, ob sie überhaupt merkte, dass ich mich im Zimmer befand, bis sie plötzlich mit einem Finger in meine Richtung deutete und mich zu sich winkte. Ich wischte mir die Tränen von der Wange und stand auf. Wega gab das Okular frei, und ich schaute vorsichtig hindurch. Die Stelle, die Wega ausgewählt hatte, konnte ich nicht gleich identifizieren. Nachdem ich die Umgebung des Ausschnittes abgesucht hatte, war ich mir sicher, dass Wega den Plejaden-Nebel für mich gesucht hatte. Doch die Luft bewegte sich. Man sah nicht viel, auch Maia nicht. Behutsam drückte ich den Ausschnitt dorthin, wo ich Wega sehen konnte. Ein klarer, deutlicher Schein, mittendrin, so deutlich, dass man ihn sogar in dieser trüben Nacht mit bloßem Auge hätte sehen können.

»Nur deinen sieht man mal wieder«, sagte ich frustriert und ging vom Teleskop weg. Ich ließ mich rückwärts auf mein Bett fallen. Tante Wega starrte erneut eine Weile durch das Fernrohr und löste sich erst, als sie einen tiefen Atemzug nehmen musste. Ich krabbelte ans Kopfende der Matratze, und als sich Tante Wega zu mir umdrehte, stieg eine seltsame Furcht in mir auf. Sie sagte: »Auch wenn du Maia nicht siehst, ist er da. Er wird sich wieder zeigen, das ist so sicher wie die Wiederkehr der Feste.«

»Aber es ist schon unzählige Nächte her, dass ich ihn gesehen habe«, entgegnete ich und traute mich nicht, Tante Wega direkt anzusehen. Sie schüttelte die Daunendecke über mir aus, ließ sie sanft auf mich sinken und gab mir einen Kuss auf die Stirn. Als sie ums Bett herum auf die Tür zuging, rief ich: »Wega?«

Ihre Schritte verstummten.

»Ist alles in Ordnung?«, fuhr ich fort.

»Natürlich, Liebes«, sagte sie unbeirrt. »Schlaf jetzt. Morgen ist ein voller Tag.«

Damit fiel die Tür ins Schloss, und so beruhigend Tante Wegas Worte auch nachklangen, tat ich dennoch kein Auge zu. Ich begann mit dem Nagel die kleinen Hautfetzen an meinen Fingerspitzen abzuknibbeln. Ich biss kleine Stücke davon ab, die Haut schmeckte nach nichts, etwas salzig vielleicht. Das machte ich oft, wenn ich gedankenversunken war; über etwas nachdachte, das mich nervös werden ließ, ich den Gedanken aber nicht loslassen konnte. Nachts hielt mich oft die Frage wach, ob die Sterne uns ebenfalls anschauten, ob sie sich so um uns drehten, wie wir uns um sie. Ob es etwas Gutes war, wenn die Augen ganz schwarz wurden, und ob sich die anderen auch solche Fragen stellten.

*

Als ich in dieser Nacht schließlich doch in einen leichten Schlaf fiel, wurde ich bald wieder aufgeweckt von Musik, die aus der unteren Etage drang. Es war, als kratzte sie an meiner Ruhe, wie das zarte Ruckeln am Arm, wenn mich jemand weckte. Dass ich noch mal wach wurde, passierte mir selten. Wenn ich einmal schlief, dann schlief ich, daran war nichts zu machen. Die undeutlichen Töne der Musik klangen nach meinem Ohrwurm *Moon River*. Ich wollte herausfinden, weshalb mitten in der Nacht Musik lief, und ging in den Flur. Ich nahm vorsichtig eine Stufe nach der anderen. Eine der Stufen knarrte, die dritte von unten. Als Kleinkind hatte ich sie noch geräuschlos betreten können, doch jetzt ließ ich sie aus, um unbemerkt in den unteren Flur zu gelangen. Von den entfernten Fenstern im Wohnzimmer und der Küche drang kaum Licht in die Diele, und doch warf die Nacht einen hellen Schimmer auf meine Haut. Er fühlte sich an wie ein Netz, durch das ich nicht hindurchfallen würde. Die Flügeltür zur Küche war angelehnt, und aus dem Wohnzimmer klangen schon die letzten Töne, die in das Knistern des Grammophons übergingen, das sich mit dem Kratzen von Fingernägeln auf Haut in der Küche mischte. Ich erkannte Großmutter, die im Kerzenlicht an der Arbeitsfläche stand. Ein paar Schritte hinter ihr stand Onkel Naos, der sich im Bart kratzte. Großmutter hielt einen Kuchenspachtel in der Hand. Ihr Blick spiegelte sich in der Scheibe und fiel auf Onkel Naos, als er neben sie trat. Sie hielt kurz inne, dann ließ sie den Kuchenspachtel auf die Steinplatte sinken. »Soll ich das nicht übernehmen?«, schlug Naos mit gesenkter Stimme vor. Großmutter schüttelte den Kopf und hob den Spachtel wieder. Sie tauchte ihn in eine Metallschüssel und strich die beigefarbene Creme sorgfältig auf einen der Biskuitböden vor ihr. Großmutters Hände zitterten schon, die Creme trug sie aber so gleichmäßig auf wie sonst nur Mutter. Als der Biskuitboden vollständig bedeckt war, legte sie den Spachtel auf der Arbeitsfläche ab und machte einen Schritt rückwärts. Naos folgte ihr mit seinem Blick. Ich versteckte mich kurz hinter der Tür, als die beiden sich im Raum bewegten, und als ich wieder hinsah, war Großmutter auf einen Holzstuhl gesunken und Onkel Naos kniete vor ihr. Er legte seine Hand auf ihre Schulter und fragte: »Denkst du, es ist die richtige Entscheidung?« Großmutter nickte bestimmt mit dem Kopf. »Ich weiß nicht, ob sie alt genug ist«, fügte Onkel Naos hinzu.

»Sie wird verstehen. Das hast du auch«, flüsterte Großmutter.

Mir wurde schlagartig bewusst, dass es besser war, wenn ich nicht erwischt wurde, bei Nacht auf dem Flur, in der Nähe dieser Szene. Auf dem Weg zurück ins Bett traute ich mich nicht zu atmen. Erst als ich wieder unter der Bettdecke lag, schnappte ich nach Luft und hörte die Stimmen nachklingen. Ich war froh, Großmutter auf den Beinen gesehen zu haben, und doch wurde mir mulmig, dass ich Alrischa weisgemacht hatte, dass alles in Ordnung war.

Vier

Am nächsten Morgen klebte mir das Baumwoll-Unterhemd nass am Rücken. Ich blieb wie jeden Morgen unter der Decke liegen und wartete, bis Mutter kommen und mich aus dem Bett holen würde. Sie hatte mir nie beigebracht oder mich darum gebeten, so lange liegen zu bleiben. Es war eine Regel, die ich mir selbst auferlegt hatte, denn so nah wie in diesen kurzen Momenten, in denen sie mir die Decke zurückschlug, waren wir uns den ganzen Tag lang nicht mehr. Wenn ich noch schlief und sie das Zimmer betrat, strich sie über meinen Kopf, um mich zu wecken, weshalb ich mich manchmal schlafend stellte, damit sie noch eine Weile weiterstreichelte.

Im Dämmerzustand des Aufwachens hielt ich diesen Morgen zunächst für einen der unzähligen ereignislosen Morgen, deren Abläufe ich verinnerlicht hatte. Doch dann legte sich die Erinnerung an das nächtliche Gespräch in der Küche wie Blei auf meine Schultern; das Wissen um Großmutters Schwäche und das außerordentliche Fest. Ich erinnerte mich nicht, was ich geträumt hatte, und versuchte, die Erinnerung an die Nacht zu einem Traum zu formen. So, als wären die Geschehnisse der vergangenen Nacht nur ein Traum gewesen, der es mit seinen diffusen Bildern und Eindrücken noch knapp mit mir in den nächsten Tag geschafft hatte.

Bald hörte ich Mutters leise Schritte vor der Tür. Sie klopfte zweimal mit dem Fingerknöchel aufs Holz, dann trat sie ein, ohne meine Reaktion abzuwarten. Sie wischte sich etwas aus den Augen, blinzelte, als würde sie geblendet, und befreite mich von der Daunendecke. Ich betrachtete ihre Lider, die so faltig waren wie das Laken unter mir. Genauso war es mit den Linien um ihren Mund, die spitz zuliefen, bis über die Lippen. Mit eingespielten Handbewegungen faltete sie die Daunendecke und presste sie in den Korbstuhl am Fußende – mein Körper auf der Matratze wie ein nackter Stamm. Während ich aufstand und mir die Augen rieb, legte Mutter mir ein frisches Unterhemd und eine Hose raus.

»Ich schaue unten schon mal nach dem Rechten«, sagte sie beiläufig und verschwand wieder.

Nachdem ich mich angezogen hatte, klopfte es erneut an der Tür. Alrischa trat ein, in einem hellgrauen Ballonkleid.

»Rate mal, von wem das ist«, sagte sie und drehte sich durch den Raum. Ich zuckte mit den Achseln.

»Von Mira?«, riet ich. Denn Alrischa liebte Miras Kleider und ihre Geschichte besonders.

Alrischa nickte.

»Welches Kleid wirst du tragen?«, fragte sie dann.

»Ein weißes. Ich weiß nicht, wem es gehört hat.«

Alrischa lief auf den Schreibtisch zu und sah den Globus darauf an. Er war der einzige farbige Gegenstand im Zimmer zwischen den Holzflächen und hellen Stoffen. Sie führte ihre Hand an die Erdkugel, stieß leicht dagegen, und der Globus drehte sich einmal. Ich stand auf, stellte mich neben sie und drehte am Globus, wie sie es gemacht hatte. Das Blau und das Grün verschwammen zu einer Farbe, dann stand die Erdkugel wieder still, der Ozean vor uns. Einmal hatte Großmutter mir gezeigt, an welchem Fleck auf dem Globus unser Haus stand. Es war ein winziger Punkt, nicht in der Nähe von Wasser, sondern mitten auf einem Stück Land. Weite Teile der Erde würde ich nie betreten, und ich fragte mich, ob wirklich überall die Fackeln auf mich warten würden. Ich erkannte auf dem Globus an keiner Stelle die Formen, Bögen und Gräben, Blau- und Grüntöne, Kanten und Küsten wieder, die ich von der Karte der Welt der Geschichten kannte, die Großmutter mir einmal in unserem Unterricht gezeigt hatte. Ich ertappte mich dabei, wie ich trotzdem wieder vergeblich versuchte, die Welt aus den Geschichten auf dem Globus zu erkennen.

»Ich hoffe, wir müssen heute nicht beim Fensterputzen helfen, das Seifenwasser macht die Finger immer so schrumpelig«, unterbrach Alrischa meine Gedanken.

»Ich glaube, das machen wir erst morgen. So ist es zumindest an den Geburtstagen«, entgegnete ich.

»Zum Glück. Aber ich freu mich aufs Basteln!«

Ich nickte, obwohl ich nicht gern bastelte. Alrischa war weitaus begabter darin. Beim letzten Fest hatte sie aus Papier und Pappe große Fächer mit Schnittmustern gebastelt, die den Tisch in zwei Hälften geteilt hatten. Das Kerzenlicht hatte Zacken, Kreise und Wellen auf die Wände geworfen, und wenn man die Fächer verschoben hatte, hatten sich neue geometrische Formen ergeben.

Alrischa holte erneut mit den Händen aus, streifte die Erdkugel mit ihren Fingerspitzen, wischte über Land, Berg, Fluss und Meer, bis der Fuß des Globus auf der Tischplatte schlingerte. Dann legte sie jede Hand auf einen der Kontinente und zog ihre Hände in entgegengesetzte Richtungen weg. Der Globus kippte, in der Windung knackte es, er fiel zu Boden und Alrischa lachte.

»Spinnst du!«, schrie ich.

Alrischas Lachen verstummte. Sie lief auf die andere Seite des Schreibtischs und hob die zwei Kugelhälften auf. Sie sah sich die einzelnen Teile genau an und sagte schließlich: »Das kann man wieder reparieren.«

Dann setzte sie sich eine Halbkugel auf den Kopf

und die andere mir, aber ich nahm sie sofort wieder ab und versuchte, sie am Gewinde zu befestigen. Alrischa schlenderte durch den Raum und griff nach Electra, die an die Wand gelehnt in einer Ecke saß.

»Lange kannst du sie nicht mehr behalten«, sagte Alrischa bestimmt.

»Warum das denn?«

Ich ließ vom Globus ab und ging zu Alrischa, um ihr Electra aus der Hand nehmen zu können, falls sie sie auch kaputt machen wollte.

»Puppen sind für Kinder, Maia.«

Ich zuckte mit den Schultern.

»Electra ist doch eh ganz kaputt und hässlich«, sagte Alrischa und zupfte an den Fäden, an denen mal das zweite Auge befestigt gewesen war. »Lass das!«, sagte ich und schaute Alrischa direkt ins Gesicht. Sie hielt inne, starrte zurück, und bald hielt sie meinem Blick nicht mehr stand. »Hier«, sagte sie und drückte mir Electra in die Hand.

Zu diesem Zeitpunkt war ich seit etwa einem halben Jahr zwölf. Geblutet hatte ich noch nicht, aber ich wusste, dass es passieren würde, seit ich einmal morgens in Alrischas Zimmer gelaufen war, die etwas blass in ihrem Bett gelegen hatte. »Guck mal«, hatte sie gesagt und ihre Daunendecke von sich geschlagen. Ihre Unterhose und das Laken unter ihrem Po waren voll Blut gewesen, ein roter Fleck auf weißem Stoff, der es beinahe so aussehen ließ, als sei sie ein Teil des Bettes; mit ihm verwachsen.

Seit meinem letzten Geburtstag verstärkte sich das Gefühl, dass ich bald nicht mehr zu den Kindern zählen würde. Von Alrischa wurde nicht erwartet, diesen Sprung bald zu machen, für mich aber veränderten sich die Dinge. Ich konnte nichts dagegen unternehmen, immer mehr Aufgaben zu bekommen, während Alrischa verschont wurde. Sie blieb einzig verantwortlich für das Abräumen des Bestecks und das Wischen. Wenn Mutter mich und Alrischa zusammen badete, wusch sie Alrischa und drückte mir den zweiten Schwamm in die Hand, damit ich mich selbst wusch. Sie hatte angefangen, das Zimmer zu verlassen, wenn ich mich umzog, dabei hatte ich sie nie darum gebeten. Es fielen gelegentlich irritierte Blicke auf Electra, wenn ich sie an der Hand durchs Haus führte oder sie auf dem Sofa auf meinen Schoß setzte. Einmal nahm Großmutter sie mir sogar weg und setzte sie in eine Ecke des Zimmers. Ich holte sie mir zurück, sobald die anderen nicht hinsahen, denn ohne Electra fühlte ich mich weniger wohl. Es war, als würde ich dann eine Leere, ein Negativ von Electras warmer Stoffhaut halten.

Als Alrischa das Zimmer verließ, schloss ich die Tür hinter ihr. Mein Blick wanderte an mir hinab. Ich nahm seit einiger Zeit wahr, dass sich meine Hüften stärker der Form von Wegas anglichen. Außerdem wuchsen mir Brüste, die so weich waren wie Badeschwämme und manchmal in einem seltsamen Kontrast dazu spannten. Ich dachte daran, wie bei der Anprobe ein Kleid von meiner Brust gedehnt worden war, und Mutters Stimme hallte in mir wider, wie sie zum weißen Kleid gesagt hatte, *darin siehst du aus wie eine Erwachsene.* Ich wechselte meine Hose gegen eine weite Leinenhose, die meine Hüften verdeckte. Dann nahm ich Electra, hielt sie an meinen Unterbauch und band sie mit den Bändern der Leinenhose fest. Ich holte einen großen Pullover aus dem Schrank, unter dem die anderen Electra nicht sehen würden. Niemand würde etwas sagen oder sie wegnehmen, und sie würde doch bei mir sein.

Ich trat ans Fenster. Am Himmel lagen die Wolken in Schichten. Sie bildeten beinahe gerade Linien zwischen sich, Töne von Weiß zu Grau. Über der Kante des Waldes schien der Himmel heller, er leuchtete fast, als stünde die Sonne knapp hinter den dichten Tannen. Auf einem dicken Ast der Eiche saß ein Vogel. Er putzte sich den Schnabel mit einem Flügel und öffnete ihn dann. Ich meinte, so etwas wie eine Zunge erkennen zu können, stumpf wie ein Stummel. Sie vibrierte, als schreie der Vogel aus vollem Halse, doch ich hörte ein melodisches Zwitschern. Weil es bewölkt war, konnte ich mein Spiegelbild in der Scheibe sehen. Seit Mutter mich für das Umziehen allein im Zimmer zurückließ, kam sie manchmal nicht wieder zurück, um mir einen Zopf zu binden. An diesem Tag wartete ich nicht darauf, ob sie wiederkommen würde, und steckte mir die Haare selbst. Ich fuhr mit der flachen Hand über meinen Kopf, um zu fühlen, ob eine Strähne hervorragte. Der Zopf sollte genauso ordentlich aussehen, wie er es tat, wenn Mutter ihn band. Ich schaute noch mal in meine Spiegelung auf der Fensterscheibe, denn ich sah mein eigenes Gesicht selten. Jedes Mal, wenn mein Blick in einer Scheibe oder Wasseroberfläche auf mich fiel, erschrak ich, dass meine Gesichtszüge Mutters genau nachahmten. Unsere Augenbrauen waren in der Mitte wie geknickt, die Augen im Gegensatz dazu fast kreisrund. Wir hatten beide ein spitzes Kinn, aber weit geschwungene Lippen. Zwischen meinen sah man das Loch, das der abgebrochene Zahn hinterlassen hatte. Es machte meine Mundpartie anders als die von Mutter. Bei uns beiden wirkten die Ohren im Vergleich zur Nase sehr klein, denn sie stand im Profil weit hervor. Je älter ich wurde, umso deutlicher wurde es, dass ich Mutters Kind war, man sah es mir immer mehr an. Daran änderte auch der herausgebrochene Zahn nichts.

*

Unten warf das Licht aus der Küche einen hellen Pfad über meine Füße, und durch die angelehnten Flügeltüren drangen Geräusche; Löffel gegen Metall, Schneebesen auf gläsernen Schüsselrändern und Tante Wegas lautes Lachen. Mit einem Auge näherte ich mich langsam dem Türschlitz. Ich sah, wie Mutter Brotteig in einer Kristallschüssel knetete, kein Haar fiel ihr aus dem Dutt. Neben Mutter lehnte Tante Wega mit der Hüfte an der Steinplatte. Sie hatte ihre Sonnenbrille auf und fuhr sich mit einer Hand durch die Locken. »Hast du Wega gestern gesehen, Kapella? Ich habe diese Nacht kein Auge zugemacht.«

»Du solltest dich besser ausruhen.«

»Warum denn? Ich bin doch das blühende Leben.« Tante Wega warf ihren Kopf in den Nacken, schüttelte ihr Haar, und Mutter ließ abrupt vom Teig ab. Sie stützte die mehlbestäubten Handballen auf die Arbeitsfläche und bekam eine senkrechte Falte zwischen den Augenbrauen. »Du bist nicht besonders hilfreich, Wega. Wir haben gestern nicht genug geschafft. Rühr die Creme, sie wird sonst klumpig.«

Tante Wegas Mundwinkel verhärteten sich. Sie stieß sich von der Arbeitsplatte ab und ging zum Küchentisch. Bevor sie mich entdecken konnte, trat ich hervor und sah, dass Alrischa schon am Küchentisch saß. Sie hatte die Ärmel hochgekrempelt und streckte ihre Zunge an die Nasenspitze. Ihr Blick war versunken in einen riesigen, auf der Tischplatte ausgerollten Teig. Sie stützte sich auf einen herzförmigen Ausstecher, der im Teig steckte. Es knirschte, als das Metall durch die grobe Masse stach. Ich mochte das Geräusch. Auch ich hatte schon mal vor einem Fest die Kekse für die Dekorationen ausstechen dürfen. Großmutter hatte parallel eine Creme angerührt und den Teig für die Biskuitböden zubereitet. Ich war stolz gewesen, sie zu unterstützen, und ebenso stolz sah jetzt Alrischa aus.

Tante Wega wendete ihren Kopf in meine Richtung, schlug die Handflächen zusammen und warf mir die Hände entgegen: »Kleine Maia, komm her!« Ich lief um den Tisch herum, sie legte ihre warmen Hände um mein Gesicht und küsste mich auf die Nase. »Du siehst ja noch ganz müde aus, komm her, setz dich, du rührst die Creme.« Sie klopfte auf ihren Schoß und hielt mir einen Löffel entgegen. Kurz sträubte sich etwas in mir, den Löffel zu nehmen und auf Wegas Schoß zu klettern, denn ihr Blick war noch stumpf und sie wippte nervös mit den Beinen. Außerdem stieg Aufregung in mir auf, denn ich hatte die Creme noch nie gerührt. Ich warf einen Blick zu Mutter, die mit dem Rücken zu uns stand und keine Anstalten machte, sich zu mir umzudrehen. Sie hatte mich beim Eintreten kaum beachtet.

Zögerlich zog ich einen Stuhl heran und ließ schließlich den Löffel durch die Schüssel kreisen, ohne dass Tante Wega es mir vorher gezeigt hatte. Ich rührte langsam, aber beständig, damit sich keine Klumpen bildeten, wovor Mutter gewarnt hatte.

»Super!«, ermutigte Wega mich.

»Guck mal, Mama, meine Kekse!«, rief Alrischa gleich darauf.

»Ja, die sind auch super«, sagte Wega. »Wollt ihr den Teig probieren?«

»Vom Teig wird nicht probiert«, sagte Mutter, ohne von ihrem Kneten aufzusehen. Alrischa trennte dennoch ein kleines Stück ab, schob es sich in den Mund und grinste.

Tante Wega fragte: »Kann mir denn jemand von euch sagen, zu welchem Sternbild Wega gehört?«

»Leier!«, riefen wir gleichzeitig.

»Und wo befindet er sich?«

»Im Sommerdreieck!«

»In der lokalen Flocke!«

Wega nickte.

»Und welche Sternbilder gehören noch zum Sommerdreieck?«

»Der Schwan«, antwortete Alrischa. Mir fiel die zweite Antwort nicht direkt ein. Es fiel mir schwer, mich auf das Rühren und die Fragen gleichzeitig zu konzentrieren, und bald begann die Schüssel, leicht auf der Tischplatte zu schlingern.

»Hör auf, nicht so doll!«, zischte Alrischa. Ich ließ den Löffel abrupt los, und er rutschte in die Creme. Alrischa schaute erschrocken. Wir warteten, ob Mutter schimpfen würde, aber es blieb ruhig. Ich zog den Löffel wieder aus der Creme, und Tante Wega schien den Fehler ignorieren zu wollen.

»Adler«, antwortete ich schließlich auf die Frage, welche Sternbilder noch zum Sommerdreieck gehörten, und rührte weiter.

»Welche Sterne sind so hell wie Wega?«

»Sirius!«

»Arktur! Und Deneb.«

»Wie viele Lichtjahre ist Wega entfernt?«

»25!«

Ich bekam Sorge, dass Wega wieder eine Frage stellen würde, die ich nicht sofort beantworten konnte, und ehe ich mich's versah, machte ich so große Züge, dass die Schüssel Kreise auf der Tischplatte zog und der Löffel immer wieder unkontrolliert gegen den Schüsselrand knallte. Mutter drehte sich blitzartig um. »Vorsicht!«, sagte sie laut. Tante Wega hielt die Schüssel fest. Für einen Moment war alles wie eingefroren. Dann schüttelte Mutter ungläubig den Kopf über meine Ungeschicklichkeit, wendete sich wieder ab und ich ließ den Löffel sinken. Ich löste langsam meine Finger, der Löffel fiel auf den Boden und hinterließ feine Spritzer auf dem Holzboden.

Bald näherten sich Großmutters Schritte der Küche. Tante Wega hatte das Rühren wieder übernommen und aufgehört, uns abzufragen. Großmutter stellte sich an die Arbeitsfläche neben Mutter und griff nach einer Küchenschürze, die sie hinter ihrem schmalen Rücken zusammenband. Sie wirkte wach, und es tat gut zu sehen, wie sie dastand, eine Marzipanrolle in die Hand nahm und begann, sie in Scheiben zu schneiden. Die Scheiben drückte sie in ihre Handfläche, fuhr mit der anderen Hand kreisförmig darüber, bis die Scheibe eine Kugel war. Dann rollte sie die kleinen Marzipankugeln auf der Platte aus, das Marzipan schmatzte am Nudelholz, und sie drückte die Fladen zu einer großen Rose zusammen. Mit der Rose auf der Handfläche lief sie zielstrebig auf das Regal zu und griff nach einem Teller. Plötzlich hielt sie inne.

»Maia?«, sie wandte sich mir zu. »Hier sind Krümel drauf.«

Erst jetzt fiel mir wieder ein, dass ich gestern schmutziges Geschirr einsortiert hatte. Ich schaute zu Boden. »Komm mal mit«, sagte Großmutter, ließ die Rose mit dem schmutzigen Teller auf dem Küchentisch zurück und griff mich am Arm.

Sie führte mich in ihre Schlafkammer. Darin standen ein schmales Bett, Großmutters Sekretär und ein Stuhl, auf dem Wäsche lag. Mein Herz schlug bis zum Hals, als die Tür hinter uns ins Schloss fiel. Jetzt würde Großmutter sicher schimpfen, wahrscheinlich würde ich Schläge bekommen oder Schlimmeres. Sie zündete die Kerze auf dem Sekretär an, ließ sich langsam auf ihr Bett sinken, und ich nahm mit etwas Abstand auf dem Stuhl Platz.

»Ist dir nicht aufgefallen, dass das Geschirr noch schmutzig war?«, fragte Großmutter.

»Doch.«

»Und warum hast du es dann schon einsortiert?«

»Es wurde dunkel, und ich musste doch noch meine Aufgabe machen.« Großmutter lächelte leicht, und etwas von meiner Anspannung löste sich kurz in diesem Lächeln auf.

»Hör mal. Ich denke, es ist an der Zeit, dass du das Spülen für mich übernimmst.« Großmutter lehnte sich etwas zu mir vor. Ich konnte den cremigen Geruch ihrer Haut vernehmen.

»So ein kluges Köpfchen wie du sollte sich auch die Aufgaben anderer zutrauen.« Ich wusste nicht recht, was sie damit meinte. Großmutter rieb sich die Hände.

»Du musst anfangen, die Aufgaben zu übernehmen, die ich nicht machen kann, hörst du?«, fuhr sie fort.

Ich nickte vorsichtig. »Aber ... Das darf ich doch nicht einfach so.«

Großmutter rutschte ein Stück näher ans Kopfende des Bettes und winkte mich zu sich heran. Die Falten an ihren Händen sahen im Kerzenlicht aus wie dunkle Kerben. Ich setzte mich neben Großmutter, und sie sagte: »Nicht einfach so. Aber ich sage es dir jetzt. Es ist leicht, die Teller zu waschen. Du hast es doch schon oft gesehen.«

Ich nickte.

»Ich erlaube es dir«, sagte Großmutter mit Nachdruck.

Der Kerzenschein flackerte neben uns und warf uns als große, bewegliche Schatten auf die Wand. Wir schwiegen, die Stille zwischen uns wurde immer dichter, und ich bekam das Gefühl, dass ich gehen sollte.

Ich stand auf, doch bevor ich die Schlafkammer verließ, drehte ich mich noch einmal um. »Was ist das für ein Fest morgen?«

Großmutter sah mich verwundert an. Dann wurde sie nachdenklich und kratzte sich eine Weile im Gesicht. Sie sagte langsam: »Ein Stern entsteht, wenn sich im Universum, in einer großen Wolke aus Gas und Staub, plötzlich Klumpen bilden. Das geschieht, wenn in ihrer Nähe ein Stern vergeht – die Stoßwelle der Supernova setzt die Klumpen in Bewegung, sie werden größer und zu einem immer dichteren Gebilde, einem Kinderstern. Im Innern dieses Kindersterns wird die Temperatur schließlich so hoch, dass die kühle Hülle zerspringt und das brennende Innere zum Vorschein kommt. Viel heller, größer und heißer, als du es dir vorstellen kannst.« Großmutter griff in ihre Schürze. »Hier«, sagte sie, »nimm die.« Sie holte eine Schachtel Streichhölzer hervor. »Die wirst du brauchen, um Wasser für das Spülen warm zu machen.«

Ich starrte sie an und öffnete zaghaft die Hand. Großmutter legte die Packung behutsam auf meine Handfläche, die Packung war schlicht und weiß. Ich schloss die Finger darum und spürte, wie die Ecken in meine Haut drückten. *Sie wird verstehen*, hörte ich Großmutters Stimme aus der Nacht sich wiederholen, und ich verstand, dass Naos und Großmutter wohl mich ausgesucht hatten, neben ihnen mit Feuer umgehen zu dürfen. Meine Wangen glühten, und ich schob die

Packung sicher unter meinen seitlichen Hosenbund. Die andere Hand hielt ich vor meinen Bauch, damit Großmutter Electra nicht entdecken würde, wie ich sie unter meinem Pullover mit mir herumtrug. Womöglich würde sie die Streichhölzer dann sofort wieder zurückverlangen.

»Tante Wega hat auch so was gesagt«, erzählte ich Großmutter, bevor ich das Zimmer verließ.

»Was?«

»Dass aus der Wasserblase etwas entsteht, das viel heller und größer ist, als ich es mir denken mag.«

Großmutter musste lachen. »Das hat sie gesagt? Na dann.«

Sie schob mich sanft über die Schwelle, und ich war mir sicher, dass wir beim Fest erfahren würden, was in Wegas Bauch war. Ich redete mir ein, dass sich meine Fragen in etwas Banales auflösen würden; dass es unscheinbare Verschiebungen waren, die ich spürte, die sich bald in unsere Abläufe einfügen und zur Normalität werden würden. Außerdem genoss ich es, wie Großmutter mich heranzog, um ihr zu helfen, und die Aufgabe des Feuermachens an mich übertrug. Ich rückte stärker in die Mitte, fühlte mich für einen Moment wie ein zentraler Teil unseres Gefüges.

Als ich zurück in die Küche kam, hatten die anderen das Backen unterbrochen und warteten auf das Frühstück. Naos bereitete gerade das Kochen des Haferbreis vor. Die Konsistenz musste gerade fest genug sein, dass man noch zweimal kauen musste, und nur Naos kannte das Verhältnis von Wasser und Haferflocken, das dafür nötig war.

Ich lief vorsichtig auf ihn zu, damit Alrischa und Tante Wega, die auch in der Küche waren, nicht hörten, dass ich Streichhölzer mit mir herumtrug. Naos zückte seine eigene Packung, nahm ein Streichholz heraus und ratschte mit dem roten Ende über die raue Fläche an der Seite der Packung. Er drehte an einem Knopf des Herdes, es begann, leicht nach Gas zu riechen, und als Naos das entzündete Hölzchen an die Platte führte, fachten blaue Flammen auf. Sie wurden größer und gelb, als Naos das Gas weiter aufdrehte. Ich hatte den Vorgang schon viele Male beobachtet, er war mir nicht neu. In der Theorie wusste ich schon lange, wie man die Öfen und den Herd anheizte. Naos ließ Wasser in einen Topf ein und holte das Glas mit den Haferflocken aus dem Vorratsschrank.

»Setz dich an den Tisch, ja?«, forderte er mich auf. »Das Rezept ist mein Geheimnis.«

Ich folgte seiner Anweisung, weil ich schlecht einschätzen konnte, wie weit ich bei Naos gehen durfte. Ich hatte keine Aufgabe von ihm gelernt, und unsere Wege trafen sich meistens nur zu den Geschichten.

»Warum darfst nur du es wissen?«, fragte ich, während ich mich auf die Küchenbank sinken ließ. Tante Wega hibbelte immer noch mit den Beinen und sah Alrischa dabei zu, wie sie den Schriftzug für Naos' Platzkarte auf einem Papier übte.

Wega sagte zu mir: »Du musst doch nicht überall deine Nase reinstecken.«

»Weißt du, wie der Brei gekocht wird?«, fragte ich Wega.

Sie schüttelte den Kopf. »Es interessiert mich auch nicht. Niemand würde ihn besser machen als Naos.«

Aus dem Kochtopf stieg Dampf, beschlug das Fenster beim Herd und vernebelte den Blick auf die Tannen. Naos griff das Glas mit den Haferflocken. Er ließ den Deckel aufspringen und die Haferflocken in den Topf rieseln.

»Sieht einfach aus«, stellte ich fest, und Alrischa verdrehte die Augen. »Du kriegst es ja nicht mal hin, saubere Teller in die Regale zu räumen, da musst du nicht schon auf die nächste Aufgabe schielen«, sagte sie bissig.

*

Im Wintergarten warfen verfaulte Blätter auf dem Glasdach ihre Schatten auf die Tischplatte. Sonnenstrahlen brachen durch die Wolkendecke, und die Zweige der Büsche kratzten an den bodentiefen Fenstern. Als ich zu meinem Platz ging, fiel mein Blick in die Schüssel. Darin lag ein Stück Kohle. Mein Magen knurrte. Es hatte schon lange niemand mehr Kohle auf dem Teller gehabt, nicht einmal Alrischa. Großmutter war so nett zu mir gewesen, obwohl sie die schmutzigen Teller im Regal gefunden hatte, dass ich nicht mehr damit gerechnet hatte, dafür bestraft zu werden.

Ich schluckte und setzte mich schnell, als Großmutter den Wasserkrug und die Kristallschüssel mit dem Haferbrei hereinbrachte. Ich versuchte, mir vor den anderen nichts anmerken zu lassen. Ich hatte erst selten Kohle bekommen und hoffte darauf, dass die anderen so vertieft in die Geschichte und ihren Brei sein würden, dass sie gar nicht sahen, dass ich mit Kohle im Mund dasaß, denn es war mir peinlich, dass ich bestraft wurde.

Niemand warf einen Blick zu mir. Ich schwieg. Großmutter hatte die Ellenbogen auf die Tischplatte gestützt, und es machte nicht den Anschein, dass sie die Geschichte erzählen wollte. Naos räusperte sich, mit dem Klirren seines Glases erhoben wir uns, und er begann, von Tante Mira zu erzählen. Alle hatten sie als mondäne Frau gekannt. Sie hatte immer einen Hut getragen, rote Lippen und einen großen Ausschnitt mit einem Schönheitsfleck auf der Brust. Sie legte sich eine Perserkatze zu und nannte sie M13. Tante Mira war allseits beliebt und stets zu allen Festen eingeladen. Sie ließ sich vorfahren, trug M13 unter einem Arm, und am anderen zog sie eine männliche Begleitung hinter sich her. Die Männer stellte sie mit dem Namen Arktur vor, sie lächelten geduldig und nickten, wenn Tante

Mira rief: *Ist euch mein neuer Hut aufgefallen, ist er nicht wunderschön?*

Mit einem Hut auf dem Kopf, M13 unter dem Arm und Arktur an der Hand reiste sie in den Schnee, wo sie in einer Hütte am Waldrand lebte. Eigentlich hatten sie viel weiter fahren wollen, aber ganze Landstriche waren verschneit. Sie bekamen die Sterne tagelang nicht zu Gesicht, jede Nacht zogen Wolken auf, die eine große Menge Neuschnee brachten. Und so schaufelte Arktur jeden Morgen einen Weg durch den Vorgarten und um die Hütte herum, einen Kreis zum Waldrand und über das Feld, damit Tante Mira spazieren gehen konnte. Während Tante Mira in einem dicken Fellmantel mit M13 die Bahnen ablief, stand Arktur wie angewurzelt am Fenster und winkte ihr immer dann, wenn sie an ihm vorbeizog. Sie war eine kleine Frau, und nur ihr Hut ragte über die glitzernde Schneeoberfläche. Eines Nachts konnte Tante Mira nicht einschlafen, denn der Schnee spiegelte das Licht des Mondes und der Sterne so stark wider, dass es fast taghell durch die Fenster schien. Sie stand aus dem Bett auf, trat an die Fenster und betrachtete die Sterne. Sie sah einen Sternenhimmel so klar und hell, wie sie ihn nie zuvor erlebt hatte. Sie versuchte Arktur zu wecken, aber er schlief tief und fest. Nur M13 streifte bedächtig um Tante Miras Beine. Die ganze Nacht blieb Mira an den Fenstern stehen und konnte ihren Blick nicht abwenden.

Naos' Worte wurden von Schweigen abgelöst. Während der Stille vor dem Klirren seines Glases versuchte ich mir auszumalen, wie eine Perserkatze aussah. Einmal hatte ich Mutter gefragt, ob nicht jemand den Gegenstand gegen eine Perserkatze, wie Tante Mira sie hatte, eintauschen könnte.

»Das geht nicht. Eine Perserkatze ist kein Gegenstand«, hatte sie geantwortet.

»Aber Mira hatte doch auch eine und hat sie herumgetragen wie ich Electra.«

Mutter nickte. »Es geht nicht, Maia, daran kann ich nichts ändern.«

Naos tippte dreimal leicht an sein Glas, es klirrte, und Alrischa hievte die Schüssel mit dem Haferbrei auf ihren Schoß. Sie griff die silberne Kelle und schien großen Hunger zu haben, denn sie füllte ihre kleine Schüssel bis zum Rand. Als sie den Brei an mich weitergeben wollte, fiel ihr Blick auf das Kohlestück vor mir. »Oh«, hauchte sie. Ein kurzes Lächeln umspielte ihren Mund, doch dann sah sie mich mitleidig an. Sie zuckte mit den Achseln und reichte die Schüssel weiter zu Onkel Naos.

Die anderen griffen bald zu den Löffeln, und ich nahm das Kohlestück in die Hand. Es war ein tiefschwarzer Klumpen mit Kratern darin. Sie erinnerten mich an die Oberfläche des Mondes. Die Kohle fühlte sich rau an und hinterließ schwarze Flecken auf meinen Fingern. Großmutter schaute prüfend zu mir herüber, und ich schob das Stück zwischen meine Lippen, als sie den ersten Löffel Haferbrei in ihren Mund schob. Meine Mundwinkel begannen sofort zu brennen, weil das Stück zu groß war. Es war trocken, saugte mir den Speichel aus den Wangen und schmeckte kaum nach etwas. Als ich einen leichten Würgereiz verspürte und den Kohleklumpen herausziehen wollte, versuchte ich mich auf die Geschichte zu konzentrieren. Ich klemmte die Hände unter die Beine, schloss die Augen und wiederholte Miras Geschichte wortgenau in meinem Kopf, doch anstatt sie um die Hütte im Schnee laufen zu lassen, stellte ich mir vor, wie Mira im Haus herumlief, von der Küche in die erste Etage, in die Bibliothek und ins Wohnzimmer; wie sie mit M13 auf dem Sofa saß, M13 einen von Großmutters Haferkeksen bekam und sich Mira mit M13 eines Tages in Luft auflöste und aus dem Haus verschwand, so wie die Gegenstände, wenn wir sie gegen etwas Neues tauschen wollten.

Als alle Schüsseln leer waren und Naos sich erhob, um das schmutzige Geschirr zusammenzustellen, riss ich die Kohle aus meinem Mund. Daran hingen Speichelfäden, und ich musste husten. Es fühlte sich an, als hätte sich eine rußige Spur von meinem Mund und Rachen bis in meinen Magen gelegt. Alrischa klopfte mir unauffällig aufs Knie, doch der Rest beschäftigte sich nicht mit mir. Es wurde abgeräumt, ich trug den Wasserkrug und Alrischa das Besteck, und Naos bat uns im Anschluss zurück in den Wintergarten. Er hatte Ballen vertrockneten Gestrüpps unter den Armen, mit Blättern und Blüten darin. Alrischa und ich sahen zu, wie die verkommenen Pflanzen auf das Holz des Bodens und Tisches bröselten. Bei jeder Berührung gaben die Blätter zitternde Geräusche von sich und staubten Partikel in die Luft. Mein Husten legte sich langsam, und Naos schob mir beiläufig sein volles Wasserglas über den Tisch.

»Was machen wir damit?«, fragte Alrischa und kehrte ein paar Blätterbrösel in ihre Hand. Sie zerrieb sie zwischen ihren Fingern, sie fielen als grober Staub auf den Boden.

»Wir machen Gestecke für morgen«, sagte Onkel Naos. Er holte Scheren und Draht und zeigte uns, wie wir die Zweige zu runden Formen zusammenbanden. Er löste einen Zweig aus dem Haufen heraus, bog ihn kurz, um seine Elastizität zu testen, und griff einen zweiten. Wieder bog er ihn, dann führte er beide Zweige als Halbkreise aneinander, fixierte sie mit einem Stück Draht und legte den Kreis vor sich auf den Tisch. »Das ist die Grundform«, sagte er. »Das macht man jetzt noch mit einigen Zweigen und bindet sie dazu. Danach könnt ihr die Blätter und Blüten dazwischenstecken, wenn sie halten, oder ihr macht längere beblätterte Zweige mit dem Draht daran fest.«

Langsam führte ich meine Hand in den Haufen, er pikte, und ein Zweig verursachte eine Schramme. Blutlos, nur eine Stelle heller aufgekratzter Haut, die später rot werden und bald wieder verschwinden würde. Ich löste einen langen kahlen Zweig aus dem Gestrüpp, und als ich nach einem passenden zweiten suchte, fragte ich: »Wo kommt das Gestrüpp her?«

Onkel Naos antwortete: »Erinnerst du dich an das Schaukelpferd, das Alrischa früher hatte?«

Ich nickte. Alrischa hatte früher oft auf Bellatrix gesessen. Sie war durch die untere Etage geritten, hatte Bella unter sich mitgezogen, und die Kufen hatten Spuren auf dem Holzboden hinterlassen. Es war einer der Gegenstände gewesen, die sie länger behalten hatte als üblich. Damals hatte sie wenig Angst davor gehabt, sich den Fuß zu quetschen oder runterzufallen, und hatte überschwänglich geschaukelt, wann immer ihr Tag es hergab. Noch lange Zeit, nachdem sie Bella hergegeben hatte, war sie ihre Spuren abgelaufen, mit schnellen Schritten den Flur entlang, in weiten Bögen durch Wohnzimmer und Küche. Sie hatte Bella gegen ein Parfum eingetauscht, weil sie Großmutters nicht hatte benutzen dürfen. Sie behielt ihr eigenes Parfum nicht lange, denn es leerte sich schnell, und nur das Flacon langweilte Alrischa. Sie bekam stattdessen einen schlichten silbernen Ring, danach eine Nagelfeile mit goldenem Blatt, dann ein Kuscheltier, und statt des Kuscheltiers einen Ball, den sie tagelang unaufhörlich gegen die Wände prallen ließ, womit sie alle in den Wahnsinn trieb.

Onkel Naos schaute auf sein Gesteck und fuhr fort:

»Das alte zerschlagene Holz vom Schaukelpferd hat Wega in die Besenkammer geschlossen, und es ist dort zu diesem Gestrüpp verrottet.«

Alrischas Augen wurden groß. Ihr Blick wanderte zu dem Staub, zu dem sie einige Blätter zwischen den eigenen Händen zerrieben hatte, und Tränen stiegen ihr in die Augen.

»Ach herrje«, sagte Onkel Naos leise und legte eine Hand auf ihre Schulter. Doch Alrischa beruhigte sich nicht, sie begann zu schluchzen, und Onkel Naos legte seine Arme ungeschickt um sie. Alrischas Kopf sank auf seine Schulter, und durch ihr wüstes Haar hindurch sah Naos mich an, wie ich den Draht und den Zweig tatenlos in den Händen hielt. Er zwinkerte mir zu, und Alrischa löste sich aus seinem Arm, wischte sich die nassen Augen mit dem Hemdzipfel trocken und lief davon. Als Onkel Naos und ich allein waren, reichte er mir einen zweiten passenden Zweig über den Tisch.

»Nur zu«, sagte er. Ich griff nach dem Zweig und fuhr mit meinem Gesteck fort. Doch der Zweig, den ich aus dem Gestrüpp gezogen hatte, wollte sich nicht biegen lassen. Ich spannte ihn vorsichtig immer weiter in Richtung der anderen beiden Zweigspitzen, doch plötzlich schnellte ein Ende zurück und in Naos' Gesicht, das andere Ende noch in meiner Hand. Naos stockte in seiner Bewegung. Er führte langsam die Hand an die Stelle, wo der Zweig ihn erwischt hatte. Ich saß da wie angewurzelt und befürchtete, Naos würde wütend werden. Er rührte sich nicht. Doch dann begann er, heiser zu lachen, und das Lachen lockerte seinen Körper. Er lief um den Tisch herum, nahm mir die Zweige aus der Hand und sagte: »Komm, ich helfe dir.«

Während Naos die Zweige kräftig zueinanderzog und mit dem Draht festband, wanderte mein Blick über das Gestrüpp auf dem Tisch hinaus zum Gestrüpp, das am Glas des Wintergartens kratzte. Ein dichtes Netz aus Zweigen, die ich den einzelnen Büschen kaum zuordnen konnte. Die Blätter daran waren tropfenförmig und glatt, die auf dem Tisch tropfenförmig und zerknittert. Das Holz auf dem Tisch zog genau die gleichen Bögen, kam genau gleich auf die Tischplatte auf, wie es auch von außen auf das Glas traf. Je länger ich hinsah, desto mehr schien das Gestrüpp im Wintergarten eine Spiegelung des Gestrüpps vor den Fenstern zu sein, eine junge Struktur und eine alte, eine neue und eine gebrauchte, eine tote und eine lebendige.

»So«, unterbrach Onkel Naos meine Gedanken. Ich fragte mich, ob er meinen Herzschlag hören konnte, so laut pochte es in meinen eigenen Ohren. Etwas an der Beobachtung, dass sich das Gestrüpp auf dem Tisch und vor den Fenstern so ähnelte, ließ mich nervös werden. Ich kannte dieses Gefühl schon. Es kam wie Sodbrennen, bildete sich in mir und stieg herauf, ließ mich schlucken und wissen, dass Naos' Erklärung nicht stimmte. In mir bildete sich der Gedanke, dass Naos, um an das Gestrüpp zu kommen, das Haus verlassen haben musste. Wo die Gegenstände herkamen, die meist Alrischa eintauschte, wurde nie genau erklärt. Ich hatte diese Frage wie viele andere weggeschlossen. Wie das Pferd zu Gestrüpp geworden sein sollte, konnte ich mir nicht so recht vorstellen. Der Vorgang erschien vollkommen unwirklich.

Ich versuchte, das Brennen in mir zu ignorieren, und bastelte weiter, damit Naos meine Abgelenktheit nicht auffiel. Die eintönigen Bewegungen des Bastelns beruhigten mich. Als ich das Gesteck fertig hatte, ging mein Herzschlag wieder langsamer. Mein Pullover war dreckig geworden, Reste von staubigen Blättern und Blüten hafteten an ihm wie die toten Motten an den Wänden, die langsam zu dem Mehl zerfielen, von dem sie sich ernährt hatten. Außerdem verspürte ich einen leichten Schwindel, den ich dem Hunger zuordnete. Ich ließ das Gesteck auf dem Tisch zurück. Es war zwar beinahe rund geworden, aber überall stand etwas ab, wie brüchige, trockene Haare aus einem ordentlichen Zopf.

In meinem Zimmer legte ich mich für einen Moment hin. Die Decke schien sich über mir zu bewegen. Ich kniff die Augen zu und richtete mich vorsichtig wieder auf, um den schmutzigen Pullover auszuziehen. Dabei schaute ich nach, ob Electra auch etwas abbekommen hatte, aber bis auf ein kleines Blättchen in ihrem Haar, das vom Pullover auf sie herabgefallen sein musste, war sie sauber geblieben. Ich zog etwas Frisches über, achtete darauf, dass es Electra verdeckte, nahm den schmutzigen Pullover und das verschwitzte Unterhemd, das ich am Morgen auf dem Boden hatte liegen lassen, und lief damit ins Bad. Der Korb mit der Schmutzwäsche war bereits voll. Er bot gerade noch Platz für meine Teile. Ich hörte Großmutters Stimme widerhallen, *so ein kluges Köpfchen wie du sollte sich auch die Aufgaben anderer zutrauen.* Normalerweise machten Mutter und ich die Wäsche nach dem Mittagessen, doch nun war der Korb bereits nach dem Frühstück voll. Ich spähte in den Flur. Mutter war nirgends zu sehen. Ich wollte unter keinen Umständen, dass bei der nächsten Mahlzeit wieder Kohle auf meinem Teller lag, deshalb beschloss ich, die Wäsche lieber jetzt zu machen, bevor jemand sah, dass sie überquoll. Ich ließ meinen Blick durch den kleinen Raum schweifen. Er war der einzige Raum im ganzen Haus, der vollständig aus glatten Flächen wie Fliesen und Keramik bestand, bis auf eine Holzplanke mit einem großen Loch drin, die unsere Toilette war. Wer auf Toilette gewesen war, musste mit einer Schaufel Streu in den langen Schacht hinterherwerfen, denn so verrottete alles zusammen, bis es nur noch minimalen Platz einnahm. So hatte Mutter es mir erklärt. Wenn ich in den Schacht hinabsah, sah ich nur Dunkelheit, ich konnte nicht erkennen, wohin er führte. Als Waschbecken hatten wir eine Keramikschale, die an der Badewanne befüllt wurde, und Wega leerte sie über dem Abfluss der Wanne, wenn sich eine dickflüssige Masse aus Seife, Speichel, Talg und Wasser gebildet hatte.

Ich suchte das Regalbrett über dem Waschbecken ab und entdeckte neben den Zahnbürsten der Erwachsenen und einer Reihe Naturschwämme das große Stück Kernseife, das wir zum Waschen verwendeten, und ein Messerchen. Ich musste auf einen Hocker steigen, um beides herunterzuholen, Mutter kam immer ohne den Hocker dran. In der Badewanne standen die Blechwannen für die Wäsche bereit. Ich ging hinüber zum Ofen, griff etwas Holz und Papier aus einem der Körbe, stellte die Scheite in den Ofen und zog dann die Streichhölzer aus meinem Hosenbund. Ich fuhr mit dem roten Kopf kräftig über die Zündfläche, so, wie ich es bei Großmutter und Naos gesehen hatte; das Hölzchen flammte auf, und ich hielt das Papier daran. Während sich das Feuer über das Papier ausbreitete, wedelte ich das Streichholz, bis es ausging und dünne Bahnen aus Qualm durch die Luft zogen. Ich legte das brennende Papier unter die Holzscheite, und als ein paar Hölzer Feuer gefangen hatten, schloss ich die Luke. Bald prasselte das warme Wasser in die Wanne wie der seltene Regen auf das Dach. Die Kernseife schnitt ich in dünne Scheiben und zerrieb sie im Wasser. Das Wasser wurde trüb, so wie ich es bei Mutter gesehen hatte, und ich begann, die Laken und Unterhosen auszusortieren, auf denen Blutflecken waren. Die Blutflecken entfernte Mutter, indem sie sie in kaltes Wasser tat, Natron aus der Küche hinzufügte und dann ganz lange wartete. Während ich die Teile sortierte, stand plötzlich Alrischa auf der Schwelle zum Bad. »Was machst du da?«, fragte sie.

»Ich wasche«, entgegnete ich und stellte das Wasser aus, weil die erste Blechwanne mittlerweile beinahe bis zum Rand gefüllt war. Das trübe Wasser darin schwappte, als ich sie mühevoll aus der Badewanne auf den Boden hob.

»Und wo ist Spika?«

»Weiß ich nicht.«

Alrischa starrte mich an. Ich stellte die kleinere Wanne für die Blutwäsche unter den Kupferhahn und drehte das kalte Wasser auf.

»Du darfst das allein überhaupt nicht machen, Maia.« Bevor ich antworten konnte, rannte Alrischa raus, und ich hörte, wie sie im Flur rief: »Maia wäscht allein! Spika! Maia ist allein mit dem Feuer!«

Am anderen Ende der Etage drehte sich ein Schlüssel im Schloss. Kurz darauf tauchte Mutter im Türrahmen auf, neben Alrischa. Beide starrten mich fassungslos an, und ich stellte das Wasser aus. Ich merkte, wie ich die Schultern zu den Ohren zog, als Mutter eintrat. Sie kam auf mich zu, griff ohne ein Wort nach meinem Handgelenk und zog mich in den Flur. Sie presste die Lippen aufeinander und schob Alrischa von der Schwelle, die aufgeregt atmete. Ich rechnete damit, dass Mutter schimpfen würde, doch stattdessen schloss sie die Badezimmertür hinter sich.

»Du spinnst, Maia!«, schrie Alrischa und starrte mich fassungslos an. Ihre Augen waren gerötet.

»Du spinnst«, sagte ich leise und lief in die Bibliothek. Ich ließ mich gegen die Wand fallen, Alrischa rief noch: »Du passt nicht auf!« Dann knallte sie die Tür zu ihrem Zimmer zu.

»Was streitet ihr denn so?«

Großmutters Stimme drang vom einsamen Ohrensessel am Fenster zu mir. »Ich habe allein Wäsche gemacht, weil der Korb schon voll war, und Alrischa hat es gesehen und mich an Mutter verpetzt«, antwortete ich. Großmutter lugte hinter der Lehne hervor. »Na so was«, murmelte sie, »wieso machst du denn eine Aufgabe allein, die du mit deiner Mutter machen sollst?«

»Der Korb war voll und Mutter nicht in der Nähe. Ich wusste nicht, wo sie ist, und der Korb wäre bald übergequollen.«

»Ich verstehe.«

»Bekomme ich wieder Kohle?«

Ich war mittlerweile um den Sessel herum auf Großmutter zugegangen und sah, wie sie den Kopf schüttelte.

»Nein. Aber gewaschen wird weiterhin nach dem Mittagessen mit deiner Mutter, merk dir das, ja?«

Ich nickte. Großmutter fügte hinzu: »Es wird etwas

dauern, bis sich die anderen daran gewöhnen, dass du Feuer machen darfst«, erklärte sie. »Sei anfangs etwas zurückhaltend damit, hörst du?«

Ich nickte wieder. Sie öffnete den Arm in meine Richtung, und ich schob mich vorsichtig auf ihren Schoß.

»Was liest du da?«, wollte ich wissen und deutete auf das geöffnete Buch auf der Armlehne. Jemand hatte mit einem Bleistift einige Notizen darin gemacht. Großmutter griff nach dem Buch, strich sorgsam über den Buchrücken und drehte es so, dass ich sehen konnte, was die Seiten abbildeten – Schrift und eine Sternenkarte. »Pegasus!«, sagte ich und deutete auf das Sternbild in der Mitte der Sternenkarte. Vier Sterne bildeten ein Quadrat – Sirrah, Scheat, Markab und Algenib. Von ihnen gingen fünf Arme ab, zwei von Scheat, einer von Markab und zwei von Sirrah. Auch der Andromeda-Nebel war in der Abbildung angedeutet.

»Pegasus war das Kind des Meeresgottes Poseidon und der Medusa«, begann Großmutter. »Ein geflügeltes Pferd. Er entsprang aus Medusas Nacken, als sie geköpft wurde. Du kannst es hier noch mal ganz genau nachlesen.« Großmutter zeigte auf die Schrift und ich schüttelte den Kopf. »Lies du es mir vor.«

Großmutter ließ die Lider zufallen, als ich das sagte. Sie rieb sich mit den Fingern über die geschlossenen Augen und seufzte. »Ich bin zu müde.«

Großmutter schob mich von ihrem Schoß. Ich sah in ihrem Gesicht, wie die Schwäche in sie einkehrte; ich sah es an ihrer Haut, die seltsam fahl wurde, und an ihren Fingern, die weich wurden; zu weich, um noch das Buch zu halten.

»Tu deiner alten Großmutter einen Gefallen und bring mich für den Mittagsschlaf hinunter, machst du das?«

Ich führte sie an der laschen Hand die Treppe hinab bis in ihre Schlafkammer. Die Flure waren leer, niemand sah, wie ich Großmutter begleitete und stützte, als wäre ich viel stärker als sie; als hätten Kapella und Maia kurzerhand ihre Leuchtkraft getauscht. Großmutters Schritte waren zäh, sie setzte die Füße langsam und leise auf, musste auf dem kurzen Weg zweimal stehen bleiben. Dann schloss sie die Augen, atmete tief, und bevor sie weiterlief, drückte sie einmal meine Hand, damit ich mitkam. Als sie in der Kammer auf ihr Bett sank, hob ich ihr die Beine auf die Matratze und zündete noch die Kerze auf dem Sekretär an. Er hatte eine schmale, hohe Ablage, auf der die Kerze stand, darunter bog sich das Holz wie eine Art Deckel, an dem sich ein Griff und ein Schloss befanden. Die Abdeckung war sonst immer abgeschlossen, und ich war davon ausgegangen, dass es keinen Schlüssel mehr dafür gab. Aber jetzt sah ich, dass ein Schlüssel steckte und die Abdeckung leicht geöffnet war, ich konnte aber keinen Blick hineinwerfen.

»Was wird darin aufbewahrt?«, fragte ich leise. Ich war mir nicht sicher, ob Großmutter mich überhaupt noch hörte oder schon eingeschlafen war. Als keine

Antwort kam und ich sah, wie sich ihr Mund mit dem eintretenden Schlaf öffnete, verließ ich die Kammer und ging zurück in die Bibliothek.

*

Ich setzte mich in den Ohrensessel in der Bibliothek, dessen Sitzfläche so groß war, dass meine Füße nicht auf den Boden reichten, und griff nach dem Buch, in dem von Pegasus geschrieben stand. Ich las, dass Pegasus als die Quelle der Weisheit galt; dass es zwei Versionen seiner Geburt gab, einmal, dass er aus Medusas Nacken entsprungen war, als sie geköpft wurde, oder aus der Stelle der Erde, auf die ihr Blut tropfte; und dass er als Zwilling von Chrysaor auf die Welt gekommen war. In den Sagen kamen und gingen die Figuren in winzigen Augenblicken. Es stand geschrieben, *er ging in Feuer auf*, und damit war es geschehen. Das wundersame Auf- und Abtauchen der Figuren kannte ich auch aus den Geschichten, die wir uns erzählten, denn sie flackerten mit der Erzählung auf und verschwanden gleich wieder aus den Gesprächen, sobald die Geschichte vorbei war. Selten sprachen wir davon, wie die, die nicht mehr im Haus waren, früher gewesen waren und wie sie sich im Haus bewegt hatten. Ich erinnerte mich an ein Fest, bei dem Alrischa ein Kleid von Tante Mira getragen hatte. Mittlerweile passte es ihr nicht mehr, aber sie hatte es heiß und innig geliebt.

Alrischa hatte es schon während der Vorbereitungen zum Fest getragen und noch einige Tage darüber hinaus, bis ihre Mutter es ihr weggenommen und in die Wäsche gestopft hatte.

»Die Kleider sind für die Feste, Alrischa. Es verkommt, wenn du es ständig trägst«, hatte sie mahnend gesagt.

»Warum hat Mira ihr Kleid nicht behalten? Es ist doch so schön.«

»Ich denke, sie wollte, dass es jemand anders weiterträgt. So wie du.«

Alrischas Augen hatten angefangen zu leuchten. »Denkst du, sie hat es für mich hiergelassen?«

Wega hatte den Kopf geschüttelt. »Nein, mein Schatz. Sie trat in ihre Geschichte ein, lange, bevor es dich gab.«

»Kann ich auch in die Hütte im Schnee?«

»Mira gehörte zu den besonders Gewissenhaften, Alrischa. Ich glaube, da musst du dich noch etwas mehr anstrengen, um an einen so wunderbaren Ort zu kommen wie Mira.«

Ich griff nach einem weiteren Buch, das ich häufig zur Hand nahm. Die Seiten zwischen den Buchdeckeln waren speckig, darunter eine detaillierte Abbildung des Plejaden-Nebels auf Seite 234. Die Seitenzahl konnte ich mir durch ihre Ziffernfolge genau merken. In der Abbildung standen Electra und Maia ganz nah beieinander. Meinen Stern in einem Buch zu sehen stillte meine Sehnsucht nach dem echten Stern zwar nicht, aber ich sah mir die Abbildung immer wieder an, damit ich nicht vergaß, wie er aussah und wo er genau stand – damit ich ihn auf jeden Fall erkennen würde, wenn der Nachthimmel dafür wieder klar genug sein würde. Ich schlug ein weiteres Buch auf, das vor einem der Regale auf dem Boden lag. Alrischa las gern darin. Die Seiten, auf denen die Dioskuren-Sage um Castor und Pollux gedruckt war, hatte Alrischa an den Rändern mit kleinen Bleistiftzeichnungen versehen. Castor und Pollux waren unzertrennlich, doch sie unterschieden sich deutlich – Pollux war ein Halbgott, Castor aber war sterblich. Sie lebten in Sparta und nahmen an der Argonautenfahrt teil. Sie begleiteten Herkules zu den Amazonen und suchten nach dem goldenen Fell des Widders Chrysomeles. Als Castor in einen Streit mit seinem Cousin geriet, erschlug dieser Castor. Der unsterbliche Pollux trauerte und bat Zeus darum, ihm die Unsterblichkeit zu nehmen, um zu Castor zu gelangen. Dieser ließ ihn wählen, ob er entweder ewig jung bleiben und bei den Göttern wohnen wollte oder mit Castor jeweils einen Tag im unterirdischen Reich der Toten und einen Tag im Olymp der Götter weilen, dabei altern und letztlich sterben wollte. Pollux entschied sich ohne Zögern für die zweite Variante.

Alrischa hatte dazu zwei Figuren gemalt, eine mit langen und eine mit kurzen Haaren. Die beiden waren durch eine Gerade getrennt, ihre Hände berührten sich aber durch die Gerade hindurch. Direkt darunter saß die langhaarige Figur auf einem Stuhl, und die zweite Figur befand sich in einer Blase über ihr.

Als ich gerade ein neues Buch zur Hand nehmen wollte, wurde ich von Geschirrklappern gestört. Ich sah nach draußen, der Himmel war grau, und ich konnte die Sonne nicht sehen, aber ich vermutete, dass es Zeit für das Mittagessen sein musste. Schnell klappte ich das Buch zu, rutschte vom Sessel und verstaute es an seinem gewohnten Platz im Regal.

Unten schlief Onkel Naos auf dem Sofa. Sein Körper lag halb im Schatten, halb im Licht, und eine gerade Linie zog sich über seinen Bauch. Ich sah, wie Speichel aus seinem Mund lief. Er hinterließ eine glänzende Spur auf der trockenen Haut.

»Nicht, dass er das Sofa volltropft«, raunte Mutter Wega zu, während sie Großmutter dabei halfen, die Teller zu verteilen. Ihre Schulter hatte begonnen zu schmerzen, weshalb Großmutter den Arm nicht mehr so gut bewegen konnte. »Ich habe versucht, ihn zu wecken, aber keine Chance«, sagte Tante Wega und zuckte mit den Schultern. Sie war nachsichtig damit, wenn Naos tagsüber stundenlang schlief, denn in den seltenen Zeiten, wenn ihr Stern nicht aufging, tat sie es genauso. Ihre Augen fielen weit in die Höhlen zurück, ihr Rücken krümmte sich unter gelegentlichen Krämpfen, und sie verweilte sitzend in der Küche, auf dem Sofa oder sogar auf dem Boden im Flur, immer dort, wo gerade keine Sonne stand, denn sie mied an diesen Tagen das helle Licht. Schon wenn es einige Nächte in Folge bewölkt gewesen war, zitterten ihre Hände, und sie konnte eigenständig keine Nahrung mehr zu sich nehmen. Dann saß stets Mutter neben ihr am Tisch, führte das Wasserglas zu ihrem Mund und löffelweise Haferbrei. Mutter übernahm es an diesen Tagen, für Wega den Kartoffelbrei für das Mittagessen zu kochen, und weder Wega noch Mutter bekamen dafür Kohle auf den Teller.

Als der Tisch gedeckt war, versuchte Wega erneut, Naos zu wecken, aber der drehte sich nur auf dem Sofa von uns weg. »Komm, Wega, ich fange an zu erzählen«, sagte Mutter, und als Wega sich von Naos abgewandt und sich an den Tisch begeben hatte, erzählte Mutter die Geschichte, wie Leonis auf Wüste gestoßen war. Langsamen Schrittes hatte er sich von seiner Siedlung entfernt, an einem Tag gleißender Sonne. Er hatte sich eine Kopfbedeckung und eine große Flasche Wasser mitgenommen, einen Kompass und etwas zu essen. Die Landschaft wurde trockener, die Luft flimmerte vor Hitze und ließ sie beinahe feucht erscheinen. Als Leonis einen Tag lang gelaufen war, erreichte er eine Kamelfarm. Dort sattelten eine Bekannte und er ein Kamel, beluden es mit Wasserkanistern und Brot. Sie liefen gemeinsam immer weiter, führten ihr Kamel an einer Leine mit sich, und immer, wenn ein Olivenbaum auftauchte, verweilten sie in seinem Schatten und aßen von ihm. Bald wurde aus dem lehmigen Boden Sand. Die Bäume am Wegesrand wurden seltener, der Sand mehr, der Horizont klar. Schweiß lief den beiden die Schläfen herunter und durchsetzte ihre Kleidung. Irgendwann tat der Sand sich zu Bergen um sie auf. Bald war eine tiefe Stille um die beiden Wanderer und erfüllte sie schließlich vollkommen. Die beiden mussten immer mehr Hügel erklimmen, entdeckten Eidechsen und Schlangen. Manchmal hielten sie die Wellen der Hitze über dem Sand für Wasserpfützen, doch sie konnten sich ihnen nicht nähern. Sie rutschten mit jedem Schritt ein Stück von ihnen weg, bis sie schließlich ganz verschwanden. Leonis und seine Bekannte liefen in weiße Stoffe gehüllt, ein Kamel zwischen ihnen, das dunkle Gelb des heißen Sandes lag um sie und das tiefe Blau des Himmels über ihnen.

Während Mutter die letzten Sätze der Geschichte sprach, erwachte Naos plötzlich. Er gähnte laut, das Leder quietschte unter ihm, als er aufstand, und dann machte er das Grammophon an, obwohl Mutter noch sprach. Der Klang von Mutters Stimme mischte sich mit Gesang und Klavier, *I'm not the man they think I am at home*, und Alrischa begann, sich im Zimmer zu drehen. Mutter zog die Augenbrauen zusammen und redete etwas lauter. Ich stellte mir vor, dass sich die

Stimme von Leonis durch die Musik in seine eigene Geschichte mischte, *I'm a rocket man.*

»Leonis' Begleitung gab bald auf. Er ließ sie zurück, als sie die nächste Siedlung erreichten, und zog mit dem Kamel allein weiter«, rief Mutter gegen die Musik an. Alrischa öffnete die Arme und schmiss sie mit jeder Drehung um ihren Körper. Es sah überschwänglich aus und passte nicht recht zu den sanften Tönen der Musik. Nachdem ich schnell viele Löffel voll Kartoffelbrei in meinen Mund geschoben hatte und eine Sättigung spürte, stand auch ich auf und stellte mich in Alrischas Nähe, aber meine Füße fühlten sich schwer an, die Beine wie ölgetränkt. Die Höhen stachen mir in die Ohren.

Naos fuhr sich über die müden Augen und verrieb mit dem Handrücken den Speichel auf seinem Gesicht. Kurz stand er untätig herum, dann wankte er ums Sofa und schlurfte auf seinen Socken zu Alrischa und mir. Alrischa verdrehte die Augen und wich vor ihm zurück. *Mars ain't the kind of place to raise your kids*, sie drehte Naos den Rücken zu, der nur von einem Bein aufs andere trat. Alrischa wollte sich aber auch mir nicht nähern und tanzte schließlich in der Ecke, *in fact it's cold as hell.* Sie tanzte so gefährlich nah an der Glasglocke, dass ich sie schon auf dem Boden zerbrechen sah. Mutter und Großmutter verließen das Zimmer in unserem Rücken, und als die letzten Takte des Liedes ertönten, verschwand ich im Flur. Ich folgte ihren Stimmen, die mich zur Küche führten. Ich hörte das Schwappen des Spülwassers.

»Es ist gefährlich, wenn sie allein Feuer anmacht«, sagte Mutter, ihre Worte überlagert von Geschirrklappern. »Ich kann nicht fassen, dass du ihr das erlaubst.«

Ich lugte durch den Türspalt hinein. Mutter stand neben Großmutter an der Spüle und fuhr mit einem Geschirrtuch über die gesäuberten Teller.

»Sie hat mich falsch verstanden«, antwortete Großmutter mit den Händen im Wasser. »Ich wollte eigentlich nur, dass sie mich beim Spülen unterstützt. Damit sie nicht wieder dreckiges Geschirr wegräumt.«

Mutter stockte in ihrer Bewegung. »Weshalb bittest du nicht mich? Soll ich meine Tochter fragen, ob sie für mich Feuer macht, oder was?« Mutter presste die Lippen aufeinander und sah Großmutter von der Seite an. Großmutter nahm das Besteck und ließ es nach und nach ins Spülbecken fallen. »Du kannst auch Naos fragen. Und Maia ist jetzt schon weit heller, als du je sein wirst, Spika.«

Mutter entglitten die Gesichtszüge. Sie krallte die Finger in das Geschirrtuch, mit dem sie den Teller hielt. Großmutter fuhr mit ihren geübten Handgriffen fort, schaute Mutter nicht an und sagte schließlich: »Willst du nicht weiter abtrocknen?«

Da hob Mutter den Teller und schmiss ihn knapp an Großmutters Kopf vorbei auf den Boden. Der Teller zersprang dumpf auf dem Holz, die Scherben zerbarsten in alle Ecken des Raumes. Eine Scherbe rutschte bis auf die Schwelle vor meine Füße, und ich versteckte mich hinter der Tür. Ich hörte, wie Großmutter seufzte. »Ach, Kind. Die Gefühle musst du in den Griff kriegen«, sagte sie, und als sich ihre Schritte dem Flur näherten, lief ich zügig und leise die Treppe hoch. Auf dem oberen Treppenabsatz kehrte ich um, stieg die Stufen hinab und versuchte, mir nichts anmerken zu lassen. Als Großmutter in den Flur trat und mich auf der Treppe sah, sagte sie: »Deine Mutter hat einen Teller fallen lassen. Wenn du ihn bitte kleben würdest, Liebes.«

Bevor ich die Küche betrat, las ich die Scherbe auf der Schwelle auf und schaute sie genau an. Die Tellerfläche glänzte, die Bruchstelle war rau und schräg abgesplittert. Mutter kniete zwischen den Scherben auf dem Boden und schaute nicht auf, als ich mich neben sie hockte und ihr beim Auflesen der Scherben half. Ich traute mich nur einen kurzen Moment, Mutter in die Augen zu sehen. Sie glänzten, als hätte sie geweint, und sie sah wütend aus, ihre Bewegungen hingegen waren umso ruhiger geworden. Sie tat mir leid. Ich hatte nicht gewusst, dass es sie stören würde, wenn es mir erlaubt wurde, Feuer zu machen, und nicht ihr. Bisher waren alle Aufgaben im Haus angenommen worden; es gab keine Rangordnung, wie wertvoll oder unnütz eine Aufgabe war. Jede war gut und wichtig. Doch auch ich hatte gespürt, dass mit den Streichhölzern etwas Besonderes an mich übergeben worden war, und ich schämte mich jetzt dafür, dass ich sie angenommen und nicht auf Mutter verwiesen hatte – die älter war als ich, strebsam und nicht gerade erst einen Fehler begangen hatte wie ich mit den schmutzigen Tellern im Regal.

Wir sammelten schweigend die Teile des zersprungenen Tellers aus den Ecken zusammen. Mutter griff langsam nach den Scherben und legte sie einzeln auf dem Tisch ab. Während ich die Teile schließlich in mögliche Anordnungen verschob, sie aneinanderhielt, um zu sehen, ob sie zusammenpassten, verschwand Mutter in meinem Rücken lautlos aus der Küche. Der Teller vor mir zerschnitt den Tisch in die Fugen eines Mosaiks. Ich holte den Klebstoff aus einer Schublade und klebte zunächst nur je zwei Teile zusammen. Ich würde warten müssen, bis der Kleber fest war, bevor ich weiterkleben konnte, und verräumte solange die Teller rechts neben der Spüle. Es waren die großen, flachen mit dem dichten blauen Muster, das mich in seiner Anordnung an das wüste Gesteck erinnerte, das ich am Vormittag mit Naos gemacht hatte. Die Teller gehörten gleich neben den Vorratsschrank, außen auf das zweite Regalbrett. Ich schob zwei Teller auf die freie Stelle im Regal, und als ich meine Arme wieder sinken ließ, bemerkte ich eine weitere kleine Scherbe zu meinen Füßen, die wir übersehen hatten. Ich hob sie auf, und als ich mich wieder aufrichtete, stockte ich in meiner

Bewegung. Mein Blick blieb an einem geraden Riss in der Fußleiste hängen. Er war so schmal, dass nur ein Blatt Papier dazwischen gepasst hätte. Mein Blick wanderte zu den Regalbrettern. Ich sah, dass sie genau den gleichen Schlitz hatten, er zog sich bis zur Wand. Vorsichtig fuhr ich mit den Fingern die Stellen entlang, um zu ertasten, ob es sich vielleicht um eine täuschende Lichtreflexion handelte, da sah ich eine fadendünne Linie auf der Wand, die die Schlitze miteinander verband. Sie zog sich bis zur Decke, dort horizontal weiter und wieder runter zu einer zweiten Linie, die parallel verlief. Die Anordnung der Linien war der Umrandung der Türen meines Wandschranks ähnlich, nur viel feiner. Ich verfolgte die Strahlen, die auf die Wand fielen, bis zum Himmel und sah, dass die Wolkendecke zwar nicht aufgerissen, aber an einer Stelle für einen Augenblick so dünn geworden war, dass das Tageslicht ein Detail offenbart hatte, das mir nie zuvor aufgefallen war. Hätte das Licht an diesem Tag, im Moment der vergessenen Scherbe, nur etwas anders gestanden, ich hätte ein wichtiges Puzzleteil nicht einfügen können. Doch so blickte ich mich um, vergewisserte mich, dass niemand im Begriff war, die Küche zu betreten, und zog kräftig an einem der Regalböden; zog immer fester, bis sich schließlich der umrahmte Teil der Wand samt Fußleiste auf mich zubewegte. Dahinter kam ein hohes Metallgestell zum Vorschein, das ich weit in den Raum ziehen konnte. Auf dessen Streben lagerten Packungen voller Mehl, Zucker, Zimt, Kakao, Likörflaschen und Kartoffelpulver; große Säcke Haferflocken, Kaffeebohnen und eine Palette Eier; Kanister mit Hafermilch, Körbe mit getrockneten Kräutern und kleine Papiertütchen, auf denen stand *Backpulver*, *Hefe*, *Natron*, *Vanillezucker*.

Fünf

Am Vorabend des Festes holte ich Electra unter meinem Pullover hervor und gab ihr einen Kuss auf die Stirn. Er hinterließ einen rußschwarzen Fleck auf ihrer Haut. Im Fenster sah ich meine Spiegelung – eine schwarze Umrandung um den Mund, die kaum zu übersehen war. Meine Mundwinkel brannten noch immer von der Kohle. Ich versuchte vergebens, Electra den Fleck von der Stirn zu wischen, und wischte auch an mir herum, doch das Mal ließ sich nicht entfernen.

Als ich schließlich aufgab, kämmte ich mit den Fingern Electras Haare zurück und lief mit ihr zu Alrischa, die in Unterwäsche mitten im Zimmer stand. Sie hielt sich das hellgraue Ballonkleid an den Körper und würdigte mich keines Blickes. Ich stellte mich geduldig an den Rand des Zimmers, während sie an sich hinunterschaute und sich einige Male drehte. Der Saum des Kleides flog um ihre Beine. Dann stieg sie in das Kleid, ließ es offen, während sie sich eine Strumpfhose über die Beine streifte, und versuchte schließlich, sich das

Kleid am Rücken zuzubinden. Sie verdrehte die Arme, griff von allen Seiten an die Schnürung und verzog das Gesicht immer mehr, als würde es dabei helfen, ihre Arme beweglicher zu machen. Bald lief ihr Gesicht rot an, und da drehte sie sich abrupt zu mir um, als sei ich gerade erst aufgetaucht.

»Kannst du mir helfen?« In ihrer Stimme schwang Resignation mit – das Wissen darum, dass sie mit der Bitte um Hilfe ihren Ärger über mich ein Stück weit als begraben erklärte. Ich nahm die Bänder in die Hand, legte sie über Kreuz auf Alrischas Haut, fädelte sie durch die Ösen entlang des Kleidrückens und zog sie vorsichtig zusammen. »Es steht dir wirklich gut«, sagte ich nachdrücklich. Alrischa antwortete nicht. Sie setzte sich an den Schreibtisch, nahm den Füller zur Hand und fuhr damit fort, *Naos* auf eine Platzkarte zu schreiben. Das *N*, das *a* und das *o* hatte sie bereits geschrieben. »Ich bin beschäftigt, wie du siehst«, sagte sie, nachdem ich einige Zeit still neben ihr gestanden hatte.

»Ich will nur sagen, dass es mir leidtut.«

Alrischa schrieb unbeirrt weiter. »Es war gefährlich«, sagte sie mit hochgezogenen Augenbrauen. »Es ist dumm, mit dem Feuer allein zu sein, verstehst du?« Die Abweisung in ihrer Stimme wurde von einer Besorgtheit abgelöst, die normalerweise in allem, was Alrischa sagte und tat, mitschwang, und dennoch überraschte sie mich in diesem Moment in ihrer Intensität.

»Mir passiert schon nichts«, sagte ich sanft und legte eine Hand auf ihrer Stuhllehne ab, passte aber auf, dass ich Alrischa nicht berührte. Sie hätte meine Berührung sicher von sich abgeschüttelt. Ich sah im Profil, dass sich ihr Kinn wellte, als würde sie gleich wieder anfangen zu weinen.

»Das kannst du gar nicht wissen.« Alrischa schluckte hart.

Ich streckte vorsichtig einen Finger nach ihrem Rücken aus, traute mich aber weiterhin nicht, sie zu berühren. Wir rührten uns nicht, und nach einer Weile absoluter Stille fragte ich: »Kannst du mir bei etwas helfen?«

Da legte Alrischa den Füller beiseite und sah mich unverhohlen an. »Ausgerechnet du brauchst Hilfe von mir?«

Ich atmete tief durch. »Ich will Electra tauschen.«

Meine Lippen zitterten; ich konnte nicht fassen, dass ich es wirklich sagte. »Ich habe das noch nie gemacht und will nicht, dass etwas schiefgeht.«

Bald umspielte ein Lächeln Alrischas Mund. »Alles klar«, sagte sie.

Aus der oberen Schublade ihrer Kommode kramte sie einen Briefbogen und einen dazu passenden hellblauen Umschlag. Die Schublade war voller kleiner Gläser, die mit Stiften gefüllt waren. Bleistifte, Kugelschreiber und Füller; Papier in verschiedener Farbe und Mattierung, feste und dünne Blätter; außerdem

Klebstofftuben, Anspitzer und jede Menge Radiergummis, die halb blau, halb rot waren und einen weißen Strich in der Mitte hatten. Sie reichte mir das Briefpapier und wählte sorgfältig einen Stift aus. »Sag bloß niemandem, wie viel Schreibkram ich hier tatsächlich horte.«

»Keine Sorge«, sagte ich.

»Weißt du schon, gegen was du tauschen willst?«

Ich nickte.

»Gegen was?«

Ich zögerte, ob ich Alrischa davon erzählen sollte, doch dann antwortete ich: »Eine Perserkatze.«

Alrischas Augen begannen zu leuchten. »Wie die von Mira.«

»Vielleicht klappt es ja. Aber Mutter sagt, eine Perserkatze ist kein Gegenstand.«

»Wir werden sehen. Warum bin ich nie darauf gekommen, mir eine zu wünschen? Einen Versuch ist es allemal wert!«

»Meinst du, ich werde vielleicht gar keinen Gegenstand mehr haben, wenn ich die Perserkatze nicht haben kann?«, fragte ich unsicher.

»Ich denke eher«, Alrischa wanderte durch das Zimmer, während sie überlegte, »Electra würde dann einfach nicht verschwinden.« Alrischa schob die Schublade zu, warf die schmutzigen Kleidungsstücke vom Stuhl neben ihrem Bett und stellte ihn mir an den Schreibtisch.

»Setz dich!«, forderte sie mich auf. »Erst mal musst

du schreiben, was du hergeben willst. Es ist zwar klar, aber trotzdem.«

Mit Bedacht setzte ich den Stift auf. Als ich gerade den ersten Strich eines *i*s gemacht hatte, merkte ich, dass meine Hände zu zittern begannen, und ich fragte Alrischa: »Willst du schreiben?«

Die schüttelte den Kopf. »Das musst du unbedingt selbst machen, sonst funktioniert es nicht. Achte nur drauf, dass es lesbar ist.«

Es dauerte eine Weile, bis ich den Text fertig geschrieben hatte. Das Schriftbild war verwackelt.

»Hm. Ach, es wird schon gehen«, sagte Alrischa und hielt das Blatt hoch.

Ich möchte Electra eintauschen gegen eine Perserkatze. Es soll am besten so eine sein, wie Mira sie auch besitzt.

»Das war's?«

Alrischa nickte. »Fast.« Sie griff nach dem Umschlag und legte ihn auf den oberen Teil des Blatts. »So kann ich sehen, wo ich es knicken muss, damit es perfekt reinpasst und sich gut auffalten lässt«, erklärte sie mir. Es schwang etwas wie Stolz in ihrer Stimme mit. Als der Brief im Umschlag war, hielt Alrischa mir die Klebefläche hin. »Du leckst an. Ich mag das nicht.«

Der Geschmack des Klebestreifens war seltsam süß und erinnerte mich an nichts, was ich bisher geschmeckt hatte. Er trocknete meine Zunge vorübergehend aus, und der Geschmack verschwand erst, als ich mehrere Male Speichel durch meinen Mund gezogen hatte.

Unten war niemand. Es wirkte, als wäre es bereits Mitternacht. Schon wieder hatte das Abendessen nicht vor dem Einbruch der Dunkelheit stattgefunden, und ich rechnete damit, dass es wieder kommentarlos ausfallen würde. Alrischa und ich liefen ins Wohnzimmer. Der Himmel vor dem großen Fenster sah dunkler aus als die Tannenfront darunter. Sie leuchtete bläulich, als würde sie von etwas angestrahlt werden. Die Wolken waren den ganzen Tag über nicht richtig abgezogen, und die Gräser lagen flach im Wind. Unter der Glasglocke lag kein Brief.

»Leg deinen hin«, forderte Alrischa mich auf und hob die Glasglocke an. Der Sockel war aus massivem Holz, ein Block ohne jede Verzierung. Nur die Maserung verlieh ihm eine Art Tiefe. Der hellblaue Umschlag sah darauf völlig verloren aus.

»Und was mach ich jetzt mit Electra?«, fragte ich Alrischa, nachdem sie die Glasglocke behutsam über dem Brief abgesetzt hatte.

»Das ist egal. Sie wird verschwinden, wenn es Zeit ist, egal, wo du sie hintust.«

Ich blickte um mich. »Vielleicht lasse ich sie hier auf dem Sofa sitzen.« Alrischa zuckte mit den Schultern.

Electra sah auf der Sitzfläche des Sofas genauso einsam aus wie der Brief auf dem Sockel. Ihr Haar fächerte sich auf dem Kissen auf, und ich strich noch einmal über ihr Gesicht.

»Jetzt fang bloß nicht an zu heulen«, sagte Alrischa neckend.

Ich weiß nicht genau, was ich mir davon erhoffte, Electra als Köder auszulegen. Doch mir war inzwischen klar, dass das Haus einen doppelten Boden haben musste. Die Zeit seit der Ankündigung des Festes hatte diese Vermutung bestätigt, die ich bereits längere Zeit in mir trug. Wenn die Zutaten nicht aus dem Boden in die Gläser drangen, sondern aus den großen Behältern im versteckten Schrank kamen, woher kam dann das, was in diesem Schrank lagerte? Und woher kam all das, woraus das Haus sonst bestand? Vielleicht konnten doch Perserkatzen getauscht werden, schließlich gab es keinen Grund zu glauben, dass die Entstehung der Zutaten die einzige Sache war, die mir mit einer Lüge erklärt worden war. Ich fragte mich auch, woher das Feuerholz wirklich kam, die Seife, die Tinte. Wo all die Dinge waren, die Alrischa schon getauscht hatte, und ob Naos' Geschichte stimmte, dass das Gestrüpp für die Tischdekoration aus Bella entstanden war, oder ob es dasselbe war wie das vor dem Haus.

Electra einzutauschen gab mir das Gefühl, eine gewisse Macht zu besitzen. Sie war das Einzige, was ich besaß und durch das ich einen Einblick bekommen konnte, wie sich die Gegenstände im Haus bewegten – wo sie herkamen und wohin sie gingen. Ich wollte Electra, das Wohnzimmer, die Flure und die anderen nicht aus den Augen und Ohren lassen, bis ich eine Antwort hatte. Ich hoffte, dass sich ein Weg in eine andere Welt offenbaren würde, und schwor mir, in der Nacht keine Sekunde in den Schlaf zu sinken, mich aber nicht dabei erwischen zu lassen, wie ich den Vorgang ausspähte. Den Gedanken, dass ich Electra nie wiedersehen würde, ließ ich nicht zu. Ich sagte mir immer wieder, dass ich sie wieder tauschen würde, wenn ich sie zu sehr vermisste. Alrischa würde die Perserkatze bekommen und ich Electra zurück. Ich musste vielleicht nur ein paar Nächte ohne sie aushalten, und ich könnte die Perserkatze immer noch streicheln und im Arm halten, wenn sie bei Alrischa bleiben würde. Ich war neugierig darauf, wie sich ihr Fell anfühlen würde, wie sie riechen und sich bewegen würde.

Es sollte sich herausstellen, dass es mir nicht schwerfallen würde, mehr herauszufinden, denn sobald ich Electra abgab, fiel mir alles, was ich suchte, nach und nach geradezu vor die Füße. Es war, als beschaffe mir das Haus die Informationen so zuverlässig, wie es sie vorher versteckt gehalten hatte.

Vor dem Schlafengehen erzählte Tante Wega mir eine Gute-Nacht-Geschichte. Sie steckte die Decke unter meinem Körper fest, ballte den Stoff um meine Füße zu einem Ballon, und ich war froh, dass sie beim Eintreten die Tür angelehnt gelassen hatte, denn so konnte ich die untere Etage hören. Ich hoffte, dass Electra nicht während der Geschichte verschwinden würde, sondern später, wenn alle schliefen.

Mein Blick lag auf Tante Wegas rundem Bauch, und ich fragte mich, ob sie überhaupt Hunger haben konnte, wenn ihr Bauch so groß war. Ich selbst hatte schrecklichen Hunger und verspürte ein Loch im Bauch. Ich hatte nur mittags den Kartoffelbrei bekommen, morgens die Kohle und wieder kein Abendessen. Aber vielleicht war Wega in der Lage, tagelang nicht zu essen, ohne hungrig zu werden.

»Welche Geschichte willst du hören?«, fragte Wega und setzte sich auf die Bettkante.

»Die von Polar!«, antwortete ich. Immer, wenn Wega mich fragte, wählte ich die Geschichte von Polar. Tante Wega knackte der Reihe nach mit den Fingern, und als der letzte Finger geknackt hatte, begann sie zu erzählen.

»Polar war stark und groß gewachsen. Sie war ein mutiges Kind und blitzgescheit. Wie Polar schon als Kind so stark wurde, weiß niemand so genau, doch man munkelte, dass sie auf den Händen ging, wenn niemand hinsah. Polar wollte zum Mars, das wusste sie, seit sie denken konnte. Man warnte sie, dass sie auf der Reise verglühen würde. Doch Polar blieb unbeirrt. Sie übte, auf dem Kopf zu stehen, und experimentierte, welche

Lebensmittel sie am längsten satt machten. Sie formte sie zu dichten Riegeln, und eines Nachts wusste Polar, dass es an der Zeit war. Sie verstaute ihre Nahrung und stieß sich so fest ab, wie sie konnte. Sie tauchte in die Dunkelheit des Nachthimmels und wurde schnell zu einem hellen Punkt am Himmel, so hell wie eine Sonne. Der Punkt blieb für die Ewigkeit, so groß und stark, dass er manchmal noch vor dem Mond zu sehen war.«

Tante Wega bekam glasige Augen. »Polar kam nie wieder zurück. Sie ist dort oben verglüht, wie man sie gewarnt hatte.«

»Wird Electra auch verglühen?«, fragte ich. Als ich das Wohnzimmer verlassen hatte, hatte Electra mit ihrem Knopfauge durch mich hindurchgestarrt, als wäre sie sauer auf mich.

Wega schüttelte auf meine Frage wortlos den Kopf. Dann beugte sie sich zu mir runter, gab mir einen Kuss auf die Stirn und flüsterte: »Ich bin sehr stolz auf dich, dass du sie abgibst.«

Ich musste meinen Widerspruch auf das Lob unterdrücken, denn ich wollte Electra ja nicht wirklich hergeben. Sie würde schon morgen oder übermorgen wieder neben mir im Bett liegen, und ich würde die Daunendecke ganz vorsichtig unter ihren Körper schieben. Ich würde ihr die Geschichte von Polar erzählen und ihr einen Kuss auf die Stirn geben. »Polar kam tatsächlich bis zum Mars«, würde ich sagen.

Als Wega mein Zimmer verließ, zog sie die Tür zu. Wenig später hörte ich leise, wie sie die Tür zum Bad schloss. Ich schlich zur Zimmerschwelle und harrte dort aus, bis ich die Badtür ein zweites Mal vernahm. Wegas Schritte wurden erst lauter, dann wieder leiser. Eine weitere Tür fiel zu, und das war der Moment, als ich meine vorsichtig wieder öffnete. Kurz spähte ich in den Flur, doch dort war alles ruhig. Auch von der unteren Etage war nichts zu hören. Ich legte mich zurück in mein Bett und drückte mein Kopfkissen so zusammen, dass meine Ohren nicht von Stoff überdeckt wurden. In dieser Nacht sah ich zum ersten Mal ganz davon ab, durch das Teleskop zu blicken. Ich überprüfte nicht, ob Maia sichtbar war. Normalerweise hätte ich mit der Ungewissheit, ob ich die eine klare Nacht verpasst hatte, in der ich ihn hätte entdecken können, nicht umgehen können, doch in dieser Nacht war es anders. Ich wollte nicht in den Bann des Himmels gezogen werden, weil ich sonst vielleicht etwas Wichtiges zum anstehenden Tausch verpassen würde. Wenn ich in den Sternenhimmel schaute, vernahm ich nichts anderes mehr. Es war anstrengend, vom Teleskop abzulassen, mich nur auf die Geräusche im Haus zu konzentrieren, und meine Gedanken schweiften immer wieder ab. Ich verdrängte die Fragen, weshalb ich die Streichhölzer bekommen hatte, was es mit Wegas Bauch auf sich hatte, ob Maia zu sehen war oder ob es Großmutter wieder besser ging. Ich drückte die Frage beiseite, ob in Flammen aufging, wer das Haus verließ, und wie ich in meine eigene Geschichte übertreten würde. Das unter dem Wind knackende Dach brachte mich immer wieder zurück in den Raum und half mir, mich zu konzentrieren. Wenn ich anfing zu überlegen, was wir morgen für ein Fest feiern würden, schüttelte ich den Kopf und kniff mir in den Arm, um nicht in Gedanken zu sinken, in die Träume und den Schlaf.

Und plötzlich hörte ich tatsächlich wieder Schritte im Flur. Sie waren langsam und gaben sich Mühe, geräuschlos zu sein. Erst dachte ich, dass jemand zur Toilette ging, doch dann knarrte die Treppe unter den Schritten, und ich lief zu meiner Tür. Als die Schritte auf der unteren Etage ankamen und ich die Dielen im Wohnzimmer hörte, trat ich ans Treppengeländer, sodass ich einen Teil des Flures sehen konnte. Das Kratzen des Plattenspielers setzte ein, und bald ertönte leise Musik. *My heart would call and I would gladly go*, ein Schatten im flackernden Kerzenlicht huschte an der Wand entlang, und ich spürte einen Zug an meinem Fuß – einen Zug, wie er an windigen Tagen durch die undichten Fenster pfiff. Das Gefühl war so schnell vorbei, wie es gekommen war, und ich fragte mich, ob ich es mir eingebildet hatte. Ich hörte erneut eine Tür, doch diese konnte ich nicht zuordnen. Ich war mir sicher, dass ich Electra nicht mehr auf dem Sofa vorfinden würde. Plötzlich interessierte es mich nicht mehr, ob ich erwischt werden würde, und ich ging mit entschiedenen Schritten die Treppe hinab; versuchte nicht mehr, mich geräuschlos zu bewegen. Es war, als läge ein Mantel um mich, der mich vor allem beschützen würde; mit dem mir nichts etwas anhaben konnte. Heute denke ich, dass es die Gewissheit war, einer Wahrheit auf den Grund zu gehen. Ich hatte immer eine vage Unsicherheit in mir getragen; die Differenz zwischen dem, was ich mich fragte, was sich für mich wahrhaftig anfühlte, und dem, was mir das Haus und seine Erzählungen darauf antworteten. Zwar war ich nie zerbrechlich gewesen wie Alrischa, doch meine volle Kraft bekam ich erst nach dieser Nacht, als wäre ein Leck gekittet worden, durch das ich nun keine Energie mehr verlor. Je näher ich an den Kern des Hauses herantrat, je mehr sich die Funktionsweise des Hauses für mich aufblätterte, umso berechtigter fühlte ich mich, den Dingen nachzugehen. Mit diesem Gefühl lief ich geradewegs ins Wohnzimmer. Sowohl Electra als auch der Brief waren verschwunden. Ich blickte mich um. Nichts sonst sah verändert aus. Der Schallplattenspieler klang wie gewohnt, doch dem Lied hatte ich zuvor nie so aufmerksam zugehört wie jetzt. *I don't believe in miracles*, auf der Wiese regte sich etwas, *I don't believe in truth.* Am rechten Rand des Fensters schob sich eine große, grobe Gestalt ins Bild. Ich erkannte das flackernde Licht der Kerze in einem gläsernen Kasten, den die Gestalt vor sich hertrug.

Bald änderte sie die Richtung und das Licht erhellte ihr Gesicht und den Bart, der im Wind zitterte. Die Gestalt kratzte sich. Naos. Er lief über die Wiese auf den Waldrand zu. Er wechselte die Hand, mit der er das Licht hielt, *I don't believe that anything can recreate your youth*, und dabei erkannte ich Electras Umriss. Sie baumelte in seiner Hand wie das Licht. Es war und blieb die einzige Lichtquelle vor den Fenstern. Kein Feuer weit und breit.

Manchmal frage ich mich, weshalb ich nicht Schock oder Sorge verspürt habe, darüber, dass Naos das Haus verließ, wovor wir beinahe täglich gewarnt wurden. Ich wurde auch nicht zornig, obwohl ich nun wusste, dass ich angelogen worden war. Vielmehr war ich aufgeregt, beinahe freudig, weil es einen Ausgang geben musste. In diesem Augenblick, in dem ich Naos dort sah, wirkte nichts vor dem Fenster mehr unwirklich auf mich, es war kein bewegliches Gemälde mehr. Electra, die ich noch vor Kurzem im Arm gehalten hatte, befand sich vor dem Fenster; war jetzt Teil einer Welt, die ich bisher betrachtet hatte, ohne teilzunehmen. Naos' Schritte rissen eine Tiefe in den Sichtausschnitt. Er passierte Stellen, an denen schon Rehe gestanden, Vögel ihre Kreise gezogen und der Wind Löcher und Linien in die Wiese geschlagen hatte. Bald übertünchte die Dunkelheit das Licht in Naos' Hand, und es tauchten nirgends lodernde Fackeln auf. Ich fragte mich, ob Naos den Waldrand erreicht hatte. Je länger ich dort stand und in die Dunkelheit des Waldes starrte, umso mulmiger wurde mir. Ich konnte die Weite, die Naos mit Electra zurücklegte, nicht mehr verfolgen, und spürte, wie jeder Schritt, den Electra von mir weggetragen wurde, an mir zerrte, mich auf die Wiese zerrte, um sie zurückzuholen. Das Lied, das Naos angemacht hatte, hatte aufgehört zu spielen, und so war ich von einer Stille umgeben, die noch die kleinste Bewegung zu einem aufdringlichen Geräusch werden ließ.

Kurz zweifelte ich, ob Naos nicht doch noch etwas zugestoßen war, aber bald tauchte das Licht wieder vor dem Fenster auf. Für einen Moment war ich mir nicht sicher, ob es sich nicht um ein Glühwürmchen handelte. Doch es bewegte sich langsam und stetig auf das Haus zu, wurde größer, und bald erkannte ich Naos' Hosenbeine. Sie wurden leicht angestrahlt, er hob die Knie so hoch, als würde er eine Treppe heraufsteigen. Womöglich würde er mich im Schein seiner Kerze erkennen können, und so leicht wollte ich meine Tarnung nicht aufgeben. Ich begab mich zurück auf den Platz im oberen Flur, auf dem ich zuvor gewartet hatte. Doch diesmal legte ich mich mit der Schläfe flach auf den Boden, um einen größeren Ausschnitt des Flures im Blick zu haben. Es musste eine Klappe, einen Spalt oder Ähnliches geben, über die er das Haus verlassen hatte und wieder betreten würde.

Plötzlich hörte ich es in Alrischas Zimmer knarren. Ich sprang vom Boden auf und wollte im Bad verschwinden, doch da stand Alrischa bereits auf der Türschwelle.

»Maia?« Alrischa klang verschlafen.

»Na, du bist auch wach«, sagte ich betont beiläufig.

»Was machst du?«, fragte sie und rieb sich die Augen.

»Ich wollte auf Toilette«, antwortete ich und öffnete die Tür zum Bad.

»Warte«, sagte Alrischa. »Guck mal.«

Ihr Blick wanderte hinunter. Jetzt erkannte ich, dass die gesamte Beininnenseite ihres Schlafanzugs blutgetränkt war.

»Oh«, hauchte ich. »Hast du Schmerzen?«

Alrischa nickte.

Noch heute tauchen Bilder dieser Nacht in meinen Träumen auf. Ich sehe ein Licht, stetig kleiner werdend, das von der Dunkelheit verschluckt wird wie ein Regentropfen vom Meer. Ich sehe blutgetränkte Hosenbeine und mein Gesicht, wie ich flach auf dem Boden liege, und wie mein Kopf von einem Schritt zertreten wird und in kleine Partikel zerstäubt. Ich höre das Lied spielen, und wie die entlarvende Stille es ablöst, als wäre sie selbst Musik. In dieser Nacht träumte ich, auf dem Rücken eines Rehs zu sitzen und mit ihm zu verschwinden, als niemand hinsieht.

Die Nacht schloss eine Zeit ab, in der ich im Haus funktionieren wollte. Meine Stellung als Strebsame, die sich der Hausarbeit hingab, um in eine eigene großartige Geschichte einzutreten, fiel von mir ab wie ein Kokon. Es blieb nur der Teil von mir, der zweifelte und von Argwohn erfüllt war. Ich denke, meine Veränderung durch die nächtliche Beobachtung fiel den anderen dennoch nicht auf. Ich verrichtete weiterhin meine Aufgaben, doch nichts daran reizte mich mehr. Ich wollte nur nicht, dass mein neues Wissen aufgedeckt wurde. Ich rechnete mit harten Strafen, denn ich hatte nachts das Bett verlassen, um etwas auszuspähen, was streng geheim gehalten wurde. Ich malte mir Bestrafungen aus. Eine Woche lang Kohle. Ins Zimmer eingesperrt werden. Keinen Gegenstand mehr besitzen dürfen. Kein Bad mehr, Redeverbot erteilt bekommen, keine Geschichten mehr zum Einschlafen oder generell keine Geschichten mehr. Die Mahlzeiten allein in der Küche einnehmen. Ich war auf Angriffe vorbereitet, meine Sinne geschärft, denn meine eigenen Gedanken schoben mich immer weiter aus dem Gefüge, das mich umgab, ohne dass ich dagegen etwas hätte unternehmen können. In meinem Kopf hatte ein unaufhörliches Rattern eingesetzt. Ich sog alles auf, erinnerte mich genau, wiederholte die vorangegangenen Tage und Beobachtungen immer wieder in Gedanken, suchte sie nach Informationen ab. Meine Schritte veränderten sich. Ihr Rhythmus glich sich nicht mehr meiner Energie an oder einem Ohrwurm, den ich seit Tagen mit mir herumtrug, sondern ausschließlich dem Gedanken, dass genau diese Schritte diejenigen sein konnten, die mich zum Wald trügen, an einen Ort, den ich nie zuvor betreten hatte. Sie wurden fest und gleichmäßig, bestimmt. Ich wurde stiller, denn ich wusste, dass ich aus meinen Worten das Wissen um die Lügen im Haus niemals hätte heraushalten können. Die Vorstellung, das Haus zu verlassen, erfüllte mich mit Ehrfurcht. Das hatte die Prophezeiung – dass wir an neue Orte kommen würden, wenn es an der Zeit war, wenn wir nur hierblieben und keine Bestrebungen unternähmen, etwas daran zu ändern – nie in mir ausgelöst. Ich musste an die Geschichte von Navi denken, die im Wald ihren Abenteuern nachgegangen und einem Bären begegnet war. Ich stellte mir vor, ich würde in genau diesem Wald vor unseren Fenstern einem Bären begegnen oder das Fell der Rehe, die ich immer wieder gesehen hatte, berühren können. Ich wusste weder, wo sich der Ausgang befand, noch konnte ich einschätzen, wie das Außen auf meinen Körper einwirken würde, oder ob meine Beine so weit würden laufen können. Vielleicht hatte Naos ein Geheimnis, das ihm das Verlassen des Hauses erlaubte, ohne dabei zu Schaden zu kommen. Vielleicht wurde es deshalb geheim gehalten, zum Schutz aller anderen und damit wir Kinder nicht auf dumme Gedanken kamen. Ich fragte mich, ob ich die Einzige war, die Naos schon vor dem Haus beobachtet hatte, oder ob Mutter, Wega oder sogar Alrischa es schon vor mir gesehen hatten. Mein Gefühl sagte mir, dass Großmutter davon wissen musste, weil sie alles im Haus zu durchblicken schien. Vielleicht hatte Alrischa Naos mal gesehen, ihn aber für ein Glühwürmchen gehalten. Ich begann, die anderen zu beobachten, als könnte ich es ihnen nun an der Nasenspitze ablesen, ob sie wussten, was ich wusste. Doch so war es nicht. Ich sah ihnen nichts an. Es war eher, als würde ich von heute auf morgen niemanden von ihnen mehr erkennen.

Trotz der Ungewissheiten rückten meine Träume in greifbare Nähe. Womöglich trennte mich nicht ein unübersichtlicher Zeitabschnitt voller treuer, sorgsamer Aufgaben von anderen Orten, sondern schlicht und einfach Schritte – wie ich sie zurücklegte, um von einer zur anderen Etage zu kommen, von einem Raum in den nächsten. Vielleicht konnte ich an Maia herantreten, dem Plejaden-Nebel immer näher kommen, wie Naos dem Wald entgegengelaufen war. Vielleicht konnte ich die Wolken anfassen und über die Bäume auf die Wolken in den Himmel. Wenn dort alles, was Alrischa eingetauscht hatte, herkam und dort unerschöpfliche Vorräte an Hafer, Kartoffelpulver und Mehl lagerten, konnte dann dort nicht auch alles andere sein, das seinen Platz im Haus nur in unseren Geschichten oder zwischen Buchdeckeln hatte? Konnte ich womöglich Mira, Castor und Pollux, Leonis und all den anderen leibhaftig begegnen? Ihnen entgegenlaufen? Ich schwor mir, dass ich nie wieder etwas glauben wollte, ohne Beweise dafür zu bekommen. Es gab schlicht nichts, was ich sehen, was ich anfassen konnte, oder nur spüren konnte, das bewies, dass die Welt der Geschichten eine andere war als die Welt vor den Fenstern.

Ich zweifelte nicht mehr daran, dass das Gestrüpp, aus dem wir die Tischgestecke gemacht hatten, dasselbe war wie jenes, das vor dem Wintergarten wuchs. Meine Augen hatten es erfasst, bevor ich eine Erklärung dafür gehabt hatte. Ich hatte es gemerkt. Meine Wahrnehmung hatte mich nicht getäuscht. Sie hatte mich vielleicht nie getäuscht.

*

Am nächsten Morgen, dem Festtagsmorgen, holte Mutter mich besonders früh aus dem Bett. Die Dämmerung ließ sich über den Wipfeln der Tannen erst erahnen. Ich sah Mutter an, und der sonst einzige innige Augenblick zwischen uns, wenn sie mich aus dem Bett holte, war plötzlich nur noch eine Erinnerung. Mutter kam mir entfernter vor als je zuvor, als hätte sich eine weitere unsichtbare Schicht zwischen uns gelegt. Es war, als würde ich zum ersten Mal verstehen, dass ich sie nie ganz erkannt hatte. Ich wusste nicht, wie sie über das Haus und unser Leben dachte, und ich wusste nicht, was sie wusste. Der Anblick des Waldes war vertraut, ich kannte die Perspektive auf die Tannen von meinem Fenster aus. Es wirkte beruhigend auf mich, dass sich daran nichts geändert hatte, und kurz hüllte es mich in die alte kindliche Zufriedenheit, in der das Haus allein mir genügt hatte. Nachdem Mutter mich von der Daunendecke befreit und das Zimmer für mein Umziehen verlassen hatte, griff sie zu Kamm und Haarband und kämmte mein Haar zu einem festen Zopf. Meine Kopfhaut brannte leicht, und am Haaransatz ziepte es. Ich kniff die Augen zu, aber gab keinen Mucks von mir. Ich versuchte, so wenig Reibung wie möglich zu erzeugen, bat Mutter nicht einmal darum, den Zopf etwas lockerer zu binden, was ich sonst häufig tat. Mutter sah sich den fertigen Zopf von vorne an. Sie teilte den Zopf erneut in zwei Stränge, zog so fest daran, dass ich beinahe aufschrie und mein Gesicht sich anfühlte, als hätte sich seine Form verändert. Dann musterte sie mich und sagte: »Du siehst unmöglich aus mit der Kohle im Gesicht. Ausgerechnet heute.« Sie verschwand aus dem Zimmer, ich hörte im Bad das Wasser rauschen, und sie kam mit einem nassen Waschlappen in der Hand zurück. »Stillhalten«, forderte sie mich auf und rieb fest um meinen Mund. Ich spürte, wie die Innenseiten meiner Wangen gegen die Zähne drückten, und befürchtete, dass es anfangen würde zu bluten. Zum Glück gab Mutter es bald auf, die Kohle von mir abzuwaschen. »Ausgerechnet heute!«, wiederholte sie.

»Entschuldige«, sagte ich leise, aber Mutter reagierte nicht darauf. Stattdessen griff sie meine Hand. Ich spürte, wie mir die Worte über die letzte Nacht wie

Galle aufstiegen, doch ich schluckte sie herunter. Es war zu gefährlich, ein Wort darüber zu verlieren, was ich wusste, schließlich konnte ich die Folgen dessen nicht absehen. Wenn ich mit jemandem darüber sprechen würde, dann nur mit Alrischa. Mutters Hände waren kalt und feucht vom Waschlappen. Sie zog mich daran die Treppe herunter und in die Küche. Die anderen waren bereits dort und standen um die nackte, dreistöckige Torte herum. Großmutter hielt eine große schwere Decke aus weiß marmorierter Zuckermasse mit beiden Armen. Sie sah aus wie ausgerolltes Wachs. Das Eindecken gehörte zu jedem Geburtstagsmorgen und anscheinend auch zum heutigen Fest.

»Da seid ihr ja endlich«, sagte Großmutter ungeduldig und sah Mutter tadelnd an. Wir fügten uns in den Kreis um Großmutter und die Torte ein, alle nahmen sich bei den Händen und gingen kleine Schritte vor und zurück, bis der Kreis ganz rund war. Auf den Gesichtern lag Demut, sie waren glatt und die Augen starr auf die Torte gerichtet. Auch ich richtete meinen Blick dorthin, und nach einem Moment andächtiger Ruhe hob Großmutter langsam die Arme. Sie ächzte dabei leise, es tat ihr weh, die Arme so weit zu heben, während das Gewicht der Zuckermatte darauf lag. Mutter wollte hervortreten und Großmutter helfen. Mutters Körper verlagerte sich nur um wenige Zentimeter, da hielt Naos sie schon mit einer unauffälligen Handgeste auf und Mutter stockte in ihrer Bewegung. Wega räusperte sich, und auch Alrischa sah Mutter beschwichtigend an. Alrischa hatte, seit ich den Raum betreten hatte, nicht in meine Richtung geschaut und sich stattdessen allein auf Wega konzentriert. Sie hielt Wegas Hand, drückte sie so fest, dass die Handfalten weiß und alles dazwischen knallrot wurde. So wie Alrischa mich mied, wich ich Naos aus. Ich schaute auf seine baren Füße, ein Stück an ihm hoch, doch ich wagte nicht, ihm direkt ins Gesicht zu sehen – als würde aus der Konfrontation unserer Blicke automatisch eine beidseitige Klarheit darüber erwachsen, was ich in der Nacht gesehen hatte. Naos und ich befanden uns nun in gewisser Weise auf Augenhöhe. Vielleicht hatte ich sogar etwas gegen ihn in der Hand, etwas, das ihn aus dem Gefüge stoßen konnte, und mich vielleicht mit ihm. Dass Alrischa mich mied, führte ich im ersten Moment darauf zurück, dass sie immer noch an ihrer Verärgerung festhielt, die die Tatsache, dass ich allein mit dem Feuer gewesen war, in ihr ausgelöst hatte. Dass sie mich nachts im Flur gesehen hatte, hatte sicherlich neuen Argwohn in ihr gesät. Vielleicht hatte sie mich sogar gesehen, wie ich die Treppe hinabgespäht hatte, und war deshalb sauer auf mich.

Es dauerte länger als gewohnt, bis Großmutter die genaue Mitte der Zuckermatte auf der obersten Tortenschicht ablegte. Sie verhüllte die Böden und Cremes unter sich, ein schwerer Teppich, der das Innere erst beim Anschnitt wieder freigeben würde. Mit einem

Spachtel strich Großmutter die helle Masse um die Etagen, faltenlos, makellos, ohne jede Delle, wie immer. Als sie ganz unten angekommen war, lösten wir die Hände. Naos griff nach einem Messer, das er hinter sich platziert hatte, und schnitt die überstehenden Reste schwungvoll in einer perfekten Rundung ab. Wir klatschten, die stramme Haltung wich aus uns, und wir verließen unsere genau bemessenen Positionen im Kreis wieder. Ich schüttelte leicht die Beine aus, als hätten sie eine Anstrengung hinter sich.

Dieses Prozedere hielten wir nur bei der ersten Torte ab. Für die Geburtstage wurden im Laufe des Tages stets noch zwei weitere Torten eingedeckt, eine zweistöckige und eine dritte, einstöckig. Doch der Vorgang des Eindeckens verlor mit dem Applaus um die erste Torte jede Heiligkeit. Er fügte sich wieder ein als einer von vielen Schritten zwischen dem Cremerühren, dem Bodenbacken, dem Tischdecken und dem Anschnitt. Ich war nach wie vor gespannt darauf, wie die Festzeremonie und der restliche Tag verlaufen würden. Wie an den Geburtstagen auch, würden alle Torten pünktlich zum Festakt auf der Tafel stehen, als hätten sie schon immer dort gestanden und auf den Nachmittag gewartet.

Ich glaubte nach wie vor daran, dass heute der Tag war, an dem sich meine Fragen und Beobachtungen in ein klares Bild verwandeln würden. Ich betrachtete das

Schauspiel um das Fest mit dem Wissen, dass alles mit Lügen gespickt war. Großmutters Zustand hatte sich wieder etwas gefestigt, und die anderen wirkten recht gewöhnlich auf mich; erschreckend gewöhnlich für das, was ich in Erfahrung gebracht hatte. Es ließ mich daran zweifeln, dass Wega, Mutter oder Alrischa etwas wussten. Doch auch mir lief wie immer das Wasser im Mund zusammen, wenn ich an die Torten dachte, und ich fieberte auf den Kaffee hin, der mich wach und angenehm schwindelig machte. Die Freude über das Fest und die tiefe Verunsicherung, die die letzten Stunden zutage gefördert hatten, lagen an diesem Festtag dicht beieinander. Ich fragte mich, ob es einen Ort gab, wo ich die vorfestliche Freude, den Kaffee und die Torten immer haben konnte. Vielleicht lief Naos manchmal hinaus, um einen Kaffee zu trinken, was im Haus außerhalb der Feste streng untersagt war. Nach dem Fest, so nahm ich mir vor, würde ich mit den Vorbereitungen beginnen. Unabhängig davon, ob jemand anders mich dabei unterstützen würde oder diesen Versuch schon einmal erfolglos unternommen hatte. Meine Beine sollten so stark werden wie die von Naos, meine Arme so breit und mein Körper so hochgewachsen und kräftig wie seiner. Ich würde üben, auf den Händen zu laufen wie Polar, und wollte die Schritte, die ich am Tag ging, verdoppeln, dann verdreifachen, vervierfachen, und üben, auf dem Kopf zu stehen. Dass es dazu nicht kommen würde, ahnte ich nicht.

Von allen Personen im Haus war ich mir bei Wega am sichersten, dass sie nichts von den Lügen ahnte. Schließlich war sie die meiste Zeit des Jahres voll und ganz eingenommen von ihrem Stern oder völlig destabilisiert von seiner Abwesenheit. Vielleicht dachte ich das auch nur, um mein ungetrübtes Bild von Wega behalten zu können. Vom Zwischenmenschlichen im Haus hatte ich mich nicht gelöst, und das Haus mehr und mehr zu hinterfragen, bestärkte meine Angst, bald gänzlich aus den Beziehungen zu fallen.

Während Onkel Naos nach dem Eindecken der ersten Torte die Haferflocken aus dem Regal holte, winkte Großmutter mich heran, und wir liefen auf den Herd zu.

»Wo trägst du deine Streichhölzer?«, fragte sie. Mir fuhr ein Stich in den Magen. Ich spürte plötzlich aller Augen auf mir. Es war noch niemand dabei gewesen, wenn ich ein Streichholz entzündete. Ich tastete hektisch meine Taschen ab, weil ich nachschauen musste, ob ich die Streichhölzer überhaupt eingesteckt hatte, und fand die Packung schließlich in meiner Hosentasche. Darin befand sich noch genau ein Streichholz. Großmutter sah das und kramte eine neue Schachtel für mich aus der Schürze hervor. »Bitte«, sagte sie ganz selbstverständlich, »du kannst auch Naos immer nach neuen Streichhölzern fragen.«

Ich drehte mich zu den anderen um. Mutter und Alrischa saßen am Küchentisch und ignorierten uns. Nur Tante Wega nickte mir aufmunternd zu.

Onkel Naos trat hinter mich und sagte: »Du hast doch gut beobachtet, wie das mit dem Herd geht, oder?«

Ich nickte zaghaft. »Ehm«, begann ich, »ich will nicht. Macht ihr ihn ruhig an.«

Großmutter streichelte mir über die Schulter, als hätte sie nicht gehört, was ich gesagt hatte. Naos schob mich so dicht an den Herd, dass ich wieder einen kleinen Schritt zurückgehen musste, um die Drehknöpfe sehen zu können. Er zeigte auf den rechten, und Großmutter nahm meine Hand und führte sie an den Drehknopf, obwohl ich mich etwas dagegen sträubte. Wir drehten ihn gemeinsam, der Druck von Großmutters Hand um meine; es gab einen kurzen Widerstand, dann begann es nach Gas zu riechen. »Schnell«, sagte Großmutter.

Ich entzündete das Streichholz, führte es an die Platte und zog sofort die Hand weg, als Flämmchen zu sehen waren. Sie bildeten einen gleichmäßigen Kranz, leckten am verschmutzten Metall, und Naos platzierte den Topf mit Wasser darauf. Kurz trafen sich unsere Blicke. Mir rutschte für einen Moment das Herz in die Hose, doch Naos wirkte so normal, dass sich meine Angst, dass er etwas mitbekommen haben könnte, gleich darauf spürbar lockerte.

Wega klatschte hinter uns in die Hände. Sie rief: »Komm her, mein Schatz!« Ich lief auf sie zu, verkroch mich auf ihrem Schoß, und Alrischa sah giftig in meine Richtung. Sie stützte das Gesicht in beide Hände und senkte den Blick auf die Tischplatte. Mutter hatte in der Zwischenzeit die Küche verlassen, und Großmutter machte noch eine zweite Herdplatte an. Der leichte Geruch von Gas mischte sich bald mit dem Duft von geschmolzener Butter und karamellisiertem Zucker, und ich wog die Zutaten ab, die Großmutter mir hinstellte. Wir unterbrachen die Vorbereitungen nur für ein schnelles Frühstück, ohne Geschichte und ohne, dass Mutter dabei war. Mit Frühstücksschalen in den Händen liefen die übrigen Erwachsenen in der Küche herum und wischten mit Lappen die Flächen ab, auf denen gleich darauf wieder Mehl landete. Großmutter stellte goldenes Haar aus Karamell her, mit dem sie die Torten dekorieren wollte, und Naos wusch den Topf vom Frühstück selbst ab. Alrischa und ich sahen dem Treiben zu, während wir still unseren Haferbrei am Küchentisch löffelten. Zwischen uns die große Torte, die erst in den Wintergarten gebracht werden würde, wenn dort der Tisch gedeckt war. Als wir aufgegessen hatten, stellte Wega unsere Schüsseln in der Spüle ab und holte aus dem Vorratsschrank getrocknete Teeblätter und Kräuter. Wir zerbröselten sie zwischen unseren Händen und ließen sie in eine Schüssel stauben. Ich arbeitete langsam, und immer wieder fielen mir Brösel auf den Tisch. Alrischa lächelte überlegen, als sie das sah.

»Noch etwas Salbei«, sagte Wega, »und mehr Brennnessel!«

Sie drückte mir die Zutaten in die Hand, aber ich reichte sie an Alrischa weiter. »Hier. Bei dir werden sie feiner.«

Als die Schüssel voll war, holte Alrischa ein großes Einmachglas, in das wir die fertige Teemischung füllten. »Das hast du schön gemacht«, sagte Wega zu Alrischa und drückte ihr einen Kuss auf die Stirn.

Während Wega die Kaffeemühle holte, sah Alrischa mich zum ersten Mal an diesem Tag sanft an. »Ist Electra weg?«, fragte sie vorsichtig. Ich nickte und war erleichtert, dass Alrischa mich anscheinend begnadigte.

»Ist die Perserkatze schon da?«, fragte Alrischa aufgeregt.

»Ich habe noch nichts gesehen«, antwortete ich.

Beinahe hatte ich vergessen, dass ich Electra nicht einfach so hergegeben hatte, sondern etwas dafür bekommen würde. Doch beim Gedanken daran, dass Electra irgendwo völlig verloren herumlag – darauf wartete, dass sie ins Haus zurückkommen durfte –, lief mir ein Schauer über den Rücken. Ich stellte sie mir mutterseelenallein an einem dunklen Ort vor, ohne den Wechsel von Sonne und Mond, ohne Anhaltspunkte dafür, wo genau sie sich befand und wie weit sie von mir entfernt war. Plötzlich sorgte ich mich, dass ich gar nichts Neues bekommen würde und so Electra auch nicht wieder zurücktauschen könnte. Doch Alrischa fuhr zwischen meine Gedanken: »Sie taucht sicher bald auf. Wir suchen sie gleich zusammen, ja?«

Ich konnte nicht verbergen, dass ich beunruhigt war. Alrischa sah es mir an und strich kurz über meinen Arm.

»So, wer will mahlen und wer einfüllen?« Wega trat an den Tisch und stellte die Kaffeemühle ab.

»Mahlen!«, rief Alrischa sofort.

»Würdest du dann einfüllen, Maia?«

Ich zuckte mit den Schultern.

»Komm schon«, sagte Wega und öffnete einen kleinen Sack Kaffeebohnen, den sie neben sich gestellt hatte.

Ich beugte mich hinunter und öffnete den Knoten der Verpackung. Die Bohnen fühlten sich kühl an, als ich meine ganze Hand darin verschwinden ließ, viel kälter als andere Materialien im Raum oder die Luft selbst. Der Geruch war so intensiv, dass ich für einen Moment nichts anderes mehr roch. Alrischa öffnete währenddessen die Mühle, und ich tat eine Handvoll Bohnen in das Mahlwerk. Ein paar landeten auf dem Küchenboden, die Wega gleich wieder einsammelte und in ihre Taschen steckte. Alrischa setzte sich hin, nahm die Mühle zwischen die Beine und drehte beständig an der Kurbel. Es knackte und knirschte in den Windungen, wir hörten zu, wie die Bohnen brachen, und als nur noch die Mechanik zu hören war, zog Alrischa die kleine Schublade an der Mühle auf. Darin befand sich feines Kaffeepulver, das sie in eine blecherne Dose füllte. Wir wiederholten es noch einige Male, bis Alrischa schließlich langweilig wurde.

»Komm, lass uns lieber die Perserkatze suchen!«, schlug sie vor und rutschte von der Bank.

Wir begannen im Wohnzimmer, ausgehend von dem Ort, an dem Electra zuletzt gesessen hatte. Ich ertappte mich, dass mein Blick eher nach einer Luke nach draußen oder weiteren versteckten Linien auf den Wänden suchte, hinter denen sich ein Ausgang verbarg. Alrischa fuhr mit den Händen in die Ritzen des Sofas, wendete die Kissen und schaute schließlich unter die Möbel.

»Nur Staubmäuse«, sagte sie.

Sie sah auch im Kamin nach, blickte hinter den Sockel der Glasglocke und drehte jeden einzelnen Stuhl um.

Ich sah ihr still dabei zu, beugte mich nur manchmal hinunter, um einen neuen Sichtwinkel auf den Boden zu bekommen, doch dort war nichts. Es war erstaunlich, wie lebendig Alrischa von der Suche wurde. Sie hatte sich schon lange nicht mehr so frei in den Räumen bewegt, sich nicht an mich oder Wega gedrückt, Blicke in die Ecken gewagt oder den Eindruck gemacht, sie würde für ihre Suche sogar Möbel verrücken. Sie wirkte etwas beunruhigt, als wir im Wohnzimmer erfolglos blieben.

»Wir finden sie! Wir haben alles richtig gemacht, es kann nicht anders sein. Sonst wäre Electra doch nicht verschwunden, wenn du nichts Neues bekommst.«

Wahrscheinlich hatte Alrischa Angst, dass sie mir falsche Anweisungen gegeben oder mit ihrer Vermutung falschgelegen hatte.

»Wie willst du sie denn nennen?«, wollte sie von mir wissen.

»Hm. Darüber habe ich noch gar nicht nachgedacht.«

»Wie wäre es mit Taygeta? Dann wäre der Stern der Perserkatze Teil des Plejaden-Nebels, wie du und Electra, und hätte auch gleich einen Namensvetter und seine Geschichte.«

Alrischa zog mich weiter in den unteren Flur, und als danach auch im oberen Flur nichts zu finden war, wanderte ihr Blick zur Tür der kinderfreien Zone.

»Da vielleicht«, sagte sie mit gedämpfter Stimme. Ich schüttelte sofort den Kopf. Mittlerweile war ich mir nicht mehr sicher, ob sich dahinter tatsächlich bloß normale Zimmer für Mutter, Wega und Naos befanden. Mitten am Tag, während im ganzen Haus Trubel war, würde ich sicher nicht hineingehen.

»Du darfst Feuer machen und darfst da nicht rein?«, fragte sie.

Ich schüttelte immer wieder den Kopf und wollte mich schon in mein Zimmer zurückziehen, da flüsterte Alrischa schließlich: »Also, ich sag dir jetzt was.« Sie bildete mit ihren Händen eine Muschel an meinem Ohr.

Ich spürte ihren warmen Atem, und sie sprach etwas zu laut, sodass mein Trommelfell unter ihren Worten bebte.

»Da sind nur Zimmer. Ich durfte ein einziges Mal zu Wega hinein. Als sie so krank war, bevor ihr Bauch so riesig wurde. Ganz kurz nur.« Sie ging einen Schritt näher an die Tür und fasste mich bei der Hand, doch da ging die Tür auf und Mutter stand im Flur.

»Was macht ihr denn hier?«

»Wir suchen die Perserkatze für Maia.«

Mutter zog die Augenbrauen zusammen. »Es wird sicher keine Perserkatze ins Haus kommen, das wisst ihr. Verschwindet von der Tür«, forderte sie uns mit fester Stimme auf. »Mitkommen, wir decken jetzt die Tafel.«

*

Als wir in den Wintergarten kamen, legten Wega und Großmutter gerade die Tischdecke auf den Tisch. Der Stoff war beige und wies ein geschwungenes, glänzendes Muster auf, das man nur dort erkennen konnte, wo das direkte Tageslicht auftraf. Sie strichen den Stoff mit langen Bewegungen glatt, und Onkel Naos legte einen hölzernen Koffer auf einem Stuhl ab. Darin befand sich das gute Silberbesteck. Der Koffer war innen mit rotem Samt bezogen, und für jedes Messer, jede Gabel und jeden Löffel gab es den genau richtigen Platz. Die

Scharniere waren bereits rostig geworden, und in den Holzdeckel war ein Wappen geschnitzt, das ich nicht zuordnen konnte. Wega reichte Alrischa und mir weiße Handschuhe, die wir tragen sollten, wenn wir das Silberbesteck anfassten. Bevor Naos uns das Besteck nach und nach reichte, zog auch er Handschuhe über und polierte die Teile vorsichtig mit einem Tuch.

»So«, sagte er nach jedem polierten Teil und überreichte es mir oder Alrischa, immer abwechselnd. Nach und nach füllte sich das Gedeck – sechs Kuchengabeln, sechs Teelöffel und ein kleines Messer, um die Geschichte anzukündigen. Großmutter brachte Stapel des besten Porzellans, von dem noch kein Teller gebrochen und geklebt war, es hatte nur ein paar kleine Kratzer hier und da. Es wurde nicht auf den Regalböden aufbewahrt, sondern in abschließbaren Schubladen in der Küche, gemeinsam mit der Tischdecke und den passenden Servietten und Serviettenringen. Die Serviettensets brachte Mutter, verteilte sie auf jedem Platz, und Naos platzierte unsere selbst gemachten Gestecke mit einer Kerze in der Mitte an den Enden der Tafel. Wega brachte die dreistöckige Torte, die genau in die Mitte kam. Jemand hatte Marzipan-Rosen darauf drapiert und grüne Ranken gelegt. Links und rechts der Torte blieb noch Platz für die zwei weiteren.

»Moment noch!«, rief Alrischa, als wir vorerst fertig waren. Sie rannte in den Flur, die Treppe hoch und kam mit den Platzkarten in der Hand zurück. Sie stellte sie stolz auf dem Tisch ab, sodass wir jede einzelne betrachten konnten. Die Plätze zuzuweisen war Großmutters Aufgabe. Alrischa sah sie mit strahlenden Augen an, sie erwartete ein Lob von ihr, denn die Platzkarten waren ihr tatsächlich hervorragend gelungen. Aber Großmutter lächelte nur und sah Alrischa kaum an. Die wendete beinahe beschämt den Blick zu Boden. Naos rieb sich die Hände, blickte sich um und sagte: »Alles klar, dann wollen wir mal die Fenster putzen. Würdest du Wasser holen, Maia?«

Ich wollte gerade den Wintergarten verlassen, um Naos' Bitte nachzukommen, da hielt Großmutter mich auf.

»Maia und ich würden mal eben nach oben in die Bibliothek gehen.«

Sie streckte die Hand nach mir aus und führte mich nach oben. Ich hatte lange nicht mehr ihre Hand gehalten, zumindest nicht, wenn sie mich und nicht ich sie führte. Die Haut fühlte sich an wie faltiger, weicher Stoff.

In der Bibliothek ließ Großmutter sich langsam in den Sessel sinken. Die Sonne warf ihren Schein auf die Regale, die Luft war dick, und Staub tanzte im Licht. Nach einem sonnigen Tag war die Wahrscheinlichkeit höher, dass auch die Nacht klar sein würde.

»Denkst du, heute kann man Maia sehen?«, fragte

ich Großmutter. Die klopfte auf ihren Schoß, und ich setzte mich zu ihr.

»Es wäre wohl mal wieder an der Zeit«, antwortete Großmutter. Dann fragte sie mit ernster Stimme: »Wie kommst du dazu, dir eine Perserkatze zu wünschen?«

Ich starrte schuldbewusst auf den Boden.

»Ich … Ich weiß nicht«, begann ich zu stammeln. »Ich wüsste so gern, wie sie sich anfühlt.«

»Du wirst herausfinden, wie sich die Tiere, die verschiedenen Felle und Materialien, von denen wir uns erzählen, anfühlen. Wie sie aussehen. Und riechen. Aber du wirst dort nur hinkommen, wenn du nicht vergisst, was du hier und jetzt zu tun hast. Und was hier die Regeln sind. Und eine Regel ist: keine Tiere im Haus.«

»Aber was ist mit den Motten?«, warf ich ein.

»Ach, die lästigen Dinger. Die sind eher zum Mehl zu zählen als zu den Tieren.«

Nachdem es einen Moment klirrend still gewesen war, seufzte Großmutter. »Ausnahmsweise werde ich davon absehen, dir ausgerechnet beim Fest Kohle hinzulegen.«

»Danke«, sagte ich schnell. Ich schaute immer noch auf den Boden, und mein Mund und Rachen waren trocken geworden.

»Du sollst trotzdem einen neuen Gegenstand bekommen.«

Ich blickte auf. Großmutter holte hinter dem Sessel

ihre Polaroid-Kamera hervor. »Ich möchte nämlich unbedingt, dass du die Nächste bist, die die Kamera bekommt.«

Ich konnte nicht fassen, dass Großmutter mir die Kamera reichte. Sie gab sie nie aus der Hand, niemand außer ihr durfte Fotos machen. »Aber«, ich hielt kurz inne und tastete vorsichtig die Knöpfe an der Kamera ab, »was wird dann dein Gegenstand?«

Großmutter zuckte bloß mit den Schultern. Ich hielt die Kamera vor mein Auge und schaute durch das quadratische, klare Fenster. Ein Auge kniff ich zu, wie ich es auch machte, wenn ich durch das Teleskop sah.

»Mach ein Foto von mir, bist du so lieb?«, bat Großmutter.

Ich verschob den Sichtausschnitt so, dass ich schließlich Großmutter im grünen Sessel vor dem Bücherregal draufhatte. Sie lächelte leicht, schaute direkt und klar in die Linse, und ich drückte auf den Auslöser. Es knackte laut, dann fuhr das Foto aus dem breiten Schlitz vorne an der Kamera.

»Leg es so hin, dass kein Tageslicht auf das Foto fällt«, erklärte Großmutter. »Das Bild muss sich eine Weile entwickeln. Im Licht würde es zu blass werden.« Ich legte das frische Foto mit dem Bild nach unten auf den Unterrichtstisch und setzte mich zu Großmutter, um sie zum Dank zu umarmen. Doch sie schob mich wieder vom Sessel und sagte: »Lass mich mal aufstehen.« Sie lief die Regale entlang, leicht humpelnd, und suchte mit ihrem Blick die Buchrücken ab. »Wo ist das Buch mit der Sisyphus-Sage noch mal?«, murmelte sie.

Ich deutete stumm auf das erste Regal neben der Tür. »Ach richtig, da«, sagte sie schließlich, griff danach und richtete sich damit wieder auf dem Sessel ein. Behutsam öffnete sie den Buchdeckel, blätterte und begann vorzulesen, dass Sisyphus ein schlauer, aber skrupelloser Götterverächter gewesen war. Er überlistete den Tod mehrfach, und es gelang ihm sogar, den Zorn des Hades abzuwenden. Dennoch ereilte ihn schließlich eine Strafe durch Hermes, der Sisyphus für seine List in die Unterwelt zwang. Dort musste er einen Felsblock einen Berg hinaufwälzen, der, wenn er fast am Gipfel angekommen war, wieder herunterrollte. Jedes Mal, auf ewig. Persephone, Demeters Tochter, beaufsichtigte ihn dabei.

»Sisyphus ist in einem Kreis gefangen«, fügte Großmutter schließlich hinzu. »Vermutlich heute noch. Wir sollten dankbar sein für alles Neue, das uns begegnet, und jede neue Zeit, die für uns anbricht.«

Ich wollte Großmutter fragen, wann für uns im Haus eine neue Zeit anbrechen würde, aber ich traute mich nicht.

»Für uns gibt es Erlösung, sei dir gewiss«, fuhr Großmutter fort, als hätte sie meine Gedanken gehört. »Wenn es so weit ist, rollt unser Block über den Gipfel und auf der anderen Seite des Berges hinunter. Und wir werden nur dastehen und zusehen, wie er rollt.«

Ich nickte stumm. Großmutter wendete ihren Blick aus dem Fenster und sagte: »Ich werde heute in meine Geschichte übertreten, Maia.« Ich spürte, wie mein Herz schneller schlug.

»Dürfen Alrischa und ich dann wissen, wie wir in die anderen Welten kommen?«, fragte ich.

Großmutter nickte, und über meinen Körper breitete sich Euphorie aus. Ich hatte recht gehabt. Ich würde heute den Weg nach draußen kennenlernen. Großmutter würde ihn mir zeigen, so wie sie mir vieles im Haus zur genau richtigen Zeit gezeigt und beigebracht hatte. »Ich dachte, wir würden erfahren, was es mit Wegas Bauch auf sich hat«, sprudelte es beinahe aus mir heraus. »Das auch«, sagte Großmutter und gähnte gleich darauf. Mit dem Gähnen brach unser Gespräch abrupt ab. »Ich werde mich noch etwas hinlegen. Würdest du mich hinunterbegleiten?«

Ich brachte Großmutter in ihre Kammer, und als sie in den Schlaf gesunken war, setzte ich mich auf den Wäsche-Stuhl. Er knarrte leise, doch Großmutter wurde nicht wach. Ihr Mund war wieder leicht geöffnet, die Haut in ihrem Gesicht fiel in der Entspannung zu den Seiten. Ich machte erneut ein Foto von ihr und befürchtete, sie würde vom Auslöser wach werden. Doch sie schlief ruhig weiter. Ich legte das Foto mit der Bildfläche nach unten auf die schmale Ablage des Sekretärs, neben die brennende Kerze. Das Holz des Sekretärs glänzte, es war dunkel lasiert und kleine Blumenranken waren in das Holz geschnitzt. Mir war schon aufgefallen, dass der Schlüssel weiterhin steckte, wie bei meinem letzten Besuch in Großmutters Kammer. Die Abdeckung stand einen Spalt offen. Mit festem Blick fixierte ich Großmutter auf dem Bett, als könnte ich sie damit vom Aufwachen abhalten. Ihr entfuhr ein Schnarchen, sie atmete laut aus, und mit ihrem Ausatmen hob ich die Abdeckung an. Darunter befand sich ein kleiner Schreibtisch mit winzigen Schubladen. Auf einer ledernen Unterlage lagen einige Stifte, ein Radiergummi, wie auch Alrischa sie hatte, und handgeschriebene Listen.

Ganz oben lag ein Zettel, auf dem in Großmutters feinster Schrift stand:

Zucker (braun)
Kerzen
Seife
Kartoffelpulver
Salz

Auf dem nächsten:

Mehl (Dinkel, hell)
Kamille (mind. fünf Bund)
dreimal Seife
Tinte
Papier

Und:

Kartoffelpulver
Haferflocken
Streichhölzer

Alles Dinge, die sich im Haus ohne sichtbares Zutun auffüllten oder auftauchten. Ich fand drei weitere dieser Zettel, alle zweifelsfrei von Großmutters Hand geschrieben. Auf einem anderen Zettel stand ein Rezept in gleicher Schrift.

Siebzig Gramm besonders weiche Butter in eine Schüssel geben. Fünfunddreißig Gramm weißen und die gleiche Menge braunen Zucker hinzufügen und mit der Butter vermengen, bis diese gleichmäßig mit Zucker durchsetzt ist. In einer zweiten Schüssel achtzig Gramm helles Dinkelmehl mit sechzig Gramm Haferflocken mischen und einen halben Teelöffel Backpulver durch ein Sieb fein beimischen. Dazu eine Prise Salz und drei Prisen Zimt. Zum Schluss die trockene Zutatenmischung mit der gezuckerten Butter und einem Ei kneten, bis ein gleichmäßiger, klebriger Teig entsteht. Sechs Kugeln formen und diese auf dem Blech zu dicken Talern drücken.

Die Mengen der Zutaten kannte ich vom wöchentlichen Abwiegen, bevor Großmutter den Teig für die Haferkekse zubereitete und Naos sie buk. Dass Großmutter wusste, wie die Beschaffung unserer Lebensmittel funktionierte – woher die Zutaten im geheimen Schrank kamen und wohin die eingetauschten Gegenstände gingen –, war in diesem Augenblick völlig klar. Großmutter wusste, wie das Haus verlassen werden konnte, und ich würde es auch wissen. Ich blickte wieder zu Großmutter, die die Augen weiterhin geschlossen hatte und tief schlief. Ich öffnete behutsam eine der kleinen Schubladen des Sekretärs. Sie bewegten sich leicht, fast geräuschlos, und in ihnen befanden sich Polaroid-Fotos, die ich noch nicht kannte. Auf dem obersten Bild des Stapels war unser Wohnzimmer abgebildet. Danach kamen weitere, menschenleere Räume des Hauses. Das Mobiliar darauf war, wie es noch immer war. Ich ging weiter durch den Stapel, und bald traf ich auf Gesichter, Hände, Kleidungsstücke. Ich sah Körper, die ich niemandem zuordnen konnte, in den Kleidern, die wir noch immer zu den Festen trugen. Das Ballonkleid von Mira, das Alrischa am Festtag tragen würde, war dabei. Und auch mein weißes Kleid. Es war immer nur ein Teil der Kleider abgebildet – der Rock, aus dem Knöchel und Füße schauten, die Schnürung um die Hüfte oder eine Schulterpartie. Auf manchen Bildern erkannte ich Hände – knittrige und glatte, welche mit langen Fingern, lackierten Nägeln und krummen Daumen. Ich konnte sie ebenso wie die Körper in den Kleidern niemandem von uns zuordnen. Auf einigen

Bildern, die im Stapel weiter unten lagen, erkannte ich die Gesichter. Die Menschen schliefen allesamt, und ich kannte sie von den Bildern, die beim Kamin standen. Niemand hatte die Augen geöffnet, kein Bewusstsein dafür, dass sie im Moment festgehalten wurden. Auf einem Bild lag Leonis auf dem Boden und Mutter daneben mit einem Schimmer im Auge, der eine Träne sein könnte. Auf einer anderen Abbildung erkannte ich Großvater und Antares, und da war auch eins von mir, wie ich in meinem Bett schlief, die Daunendecke bis zur Nase gezogen. Die Bilder wirkten unterschiedlich alt, so wie die Bilder auf dem Kamin auch. Manche waren bereits verblichen, andere farbstark. Je weiter ich in den Bildern kramte, desto mehr Gesichter sah ich, die ich niemandem zuordnen konnte. Ich konnte ihnen keine Namen oder Merkmale zuschreiben, die ich aus den Geschichten kannte. Auf einem Bild lag ein unbekannter Junge im Bett in Großmutters Schlafkammer, auf weißen Laken, in den Schlaf gesunken. Sein Gesicht war ungewöhnlich verformt, ein Arm hing aus dem Bett heraus, und die Beine waren auf dem Bild kaum zu erkennen. Da war außerdem eine junge Frau mit blonder Flechtfrisur, die mit einem Kissen neben der Treppe auf dem Boden schlief. Die Farben des Bildes waren verblichen und das Material zerfleddert. Es schien eines der ältesten Bilder zu sein. Ein weiteres zeigte Großmutter in jungen Jahren mit Großvater, dessen Hakennase ich vom Foto auf dem Kamin wiedererkannte.

Sie saßen nebeneinander auf dem Sofa, auf dem Tisch vor ihnen ein Teeservice und ein Teller Kekse. Nichts unterschied den Ort davon, wie er noch immer aussah, wenn wir Tee und Kekse zu uns nahmen, nur der Anblick von Großmutter und Großvater mit vollem Haar und breitem Grinsen war mir fremd. Auf dem letzten Bild des Stapels meinte ich, Wegas Züge zu erkennen, nur mit glatterer Haut. Daneben Mutter mit frischeren Lidern und einem Lächeln auf dem Gesicht. Sie saßen auf einem Bett und hielten behutsam zwei Babys, jede eins. Die Körper der Babys waren nackt, sie schliefen friedlich unter Wegas und Mutters Blick.

Ich wollte es länger ansehen, doch ich hörte Stimmen auf der unteren Etage. Also nahm ich das Bild von Mutter und Wega mit den Babys und steckte es mit einem der Besorgungszettel in meine Hosentasche. Die restlichen Bilder legte ich zurück in die Schublade, klappte den Sekretär zu und löschte die Kerze, bevor ich die Kammer verließ. Im Flur stand Naos.

»Hast du Großmutter ins Bett gebracht?«

Ich nickte.

»Ich werde mich auch noch mal kurz in mein Zimmer zurückziehen«, antwortete ich und lief an ihm vorbei die Treppe hoch, während mein Herz mir bis zum Hals pochte.

»Viel Zeit ist nicht mehr«, rief er mir hinterher, »ihr müsst schon bald baden und euch umziehen.« Ich nickte erneut, ohne mich nach ihm umzudrehen.

*

Die Fliesen auf dem Boden und an den Wänden im Bad sahen im Licht des Ofens feucht aus. Meine nackten Fußsohlen saugten die Kälte des Bodens auf, Gänsehaut zog sich über meine Beine und von meinen Schulterblättern über die Arme und bis auf die Kopfhaut. Es war besonders kalt im Bad, weil noch niemand gebadet hatte und der Ofen den ganzen Morgen und Vormittag nicht warm geworden war. Neben mir stand Alrischa. Sie fuhr mit ihrem Zehennagel eine Fliesenfuge auf und ab, abwesend, die Arme vor der Brust verschränkt. Ein dünner Faden Blut lief an ihrem Bein herunter. Die Blutung hatte im Vergleich zur Nacht nachgelassen. Alrischa starrte auf die Badewanne. Aus dem kupfernen Hahn lief Wasser in die Wanne, und der Strahl trieb Blasen auf die Wasseroberfläche. Mutter hatte Seife ins Wasser gerieben und die Ärmel ihrer Bluse hochgekrempelt. Sie nahm eine Hand, hielt sie unter den Wasserstrahl, um die Temperatur zu überprüfen; dabei sah man dem dampfenden Wasser an, dass es längst warm genug geworden war. Wir wurden beinahe nur an Festtagen warm gebadet. Ich fühlte mich nach einem warmen Bad sauberer und roch weniger schnell wieder. Mutter hatte den Ofen von Naos oder Großmutter anmachen lassen, bevor sie mich und Alrischa zum Baden gerufen hatte. Es wunderte mich nicht, dass sie mich nicht dazu aufgefordert hatte, und ich war froh darum. Für den Moment war die alte Abfolge wiederhergestellt. Obwohl Alrischa und ich längst alt genug waren, um allein zu baden, war Mutter immer dabei. Sie ließ nicht davon ab, würde die Aufgabe vermutlich erst aufgeben, wenn sie in aller Deutlichkeit von Großmutter persönlich dazu verpflichtet wurde. Sowohl Alrischa als auch ich hatten in der Vergangenheit versucht, sie dazu zu bewegen, uns im Bad allein zu lassen, doch sie war nie darauf eingegangen. Es stand in einem gewissen Widerspruch dazu, dass sie angefangen hatte, den Raum zu verlassen, wenn ich mich umzog. Ich schloss daraus eine Aufgabentreue oder eine Sorge darum, uns mit dem Ofen allein zu lassen.

Mutter schüttelte ihre feuchten Hände über der Wanne aus, die Tropfen rissen Striemen in den dünnen Schaum auf der Wasseroberfläche, und dann half sie uns beim Ausziehen. Sie legte ihre Hände unter Alrischas Unterhemdträger, zog ihr das Hemdchen über den Kopf, und Alrischa streifte die Unterhose selbstständig ab und wischte damit noch etwas vom Blut an ihren Beinen ab. Ich schlängelte währenddessen die Arme aus meinem Oberteil, damit ich ausgezogen war, bevor Mutter mir helfen würde, aber ich war zu langsam und Mutter ungeduldig. Sie zog grob an meiner Unterhose, als ich mit dem Kopf im Unterhemd hing. Ich hob bereitwillig die Füße, um keinen Ärger zu machen, und wir stiegen schließlich stumm in das warme Wasser. Alrischa saß mir gegenüber, und ich spürte, wie ihre Unterschenkel kalt an meinen lagen; unsere Haut im Vergleich zum Wasser ausgekühlt. Im Wasser bewegten sich blassrote, wolkenähnliche Stellen von Alrischa weg. Bald tauchten dunklere, rote Schlieren auf, die das ganze Badewasser nach und nach rosa färbten. Mutter tauchte ihre Hände ein, rieb erneut die Kernseife dazwischen und grub dann ihre Finger in Alrischas Haar. Die drückte die Augen zu und die Lippen aufeinander, der Schaum lief ihr über das Gesicht; sie presste sich mit einer Hand die Nase zu, bis Mutter sie schließlich kurz unter die Wasseroberfläche drückte. Wir wussten, dass wir ohne Vorwarnung untergedrückt wurden, und atmeten deshalb nur flach oder hielten uns vorsorglich die Nasen zu, wenn wir in der Wanne saßen.

Während ich Mutter zusah, wie sie Alrischa wusch, griff ich selbst nach der Kernseife. Den Schaum rieb ich mit dem Schwamm über die Kopfhaut, die Schultern, den Brustkorb. Unter meinen Achseln roch es beißend nach altem Schweiß, und ich rieb dort besonders gründlich. Als ich voller Seife dasaß, wandte sich Mutter schließlich auch mir zu. Sie legte eine Hand auf meinen Kopf und drückte mich unter. Das Wasser dämpfte alle Geräusche, das knackende Holz im Ofen, das Plätschern des Badewassers, Alrischas Atem. Umso deutlicher hörte ich, wie Alrischa sich kratzte; die Nägel auf ihrer Haut so laut, als wären sie direkt an meinem Ohr. Der Druck von Mutters Hand ließ nicht nach. Ich hatte vor dem Untertauchen keine Luft geschnappt und begann, mit meinem Kopf nach oben zu streben, doch Mutter erhöhte den Druck, um mich unten zu halten. Ich begann, mit den Armen zu fuchteln, um ihr zu verstehen zu geben, dass ich auftauchen wollte. Erst knapp vor einer Panik ließ Mutter nach. Ich tauchte auf, schnappte nach Luft und hustete. Wasser lief mir aus der Nase und brannte auf meinen Schleimhäuten. Alrischa sprang schon aus der Wanne, und Mutter legte uns zwei große, weiße Handtücher hin. Sie erstickte das Feuer im Ofen und verschwand. Als ich wieder regelmäßig atmete, ließ ich das Wasser ab, und Alrischa legte uns die Handtücher um, erst sich, dann mir.

»Sie soll uns endlich allein lassen hier, ich versteh das nicht«, sagte Alrischa genervt.

»Ich auch nicht«, antwortete ich.

Ein Schwung von Alrischas Handtuch erzeugte einen Windstoß, und ich bekam wieder Gänsehaut. Meine nasse Haut übersetzte die Bewegungen der Luft in Kälte, und ich trocknete mich schnell ab. Die Wassertropfen auf meiner Haut sanken in den Handtuchstoff. Alrischa klemmte ihr Handtuch zwischen die Beine, damit es das Blut hielt. Es zog sich bereits über die Innenseiten ihrer Oberschenkel wie feine Wurzeln, die zum Boden strebten. Ich entdeckte einen losen Fetzen Haut an meinem Nagel. Ich mochte die Fetzen nicht. Normalerweise knabberte ich sie ab, aber das machte das Problem meist nur schlimmer. Sie fransten aus und wuchsen fransig nach.

»Kannst du mir mal die Nagelschere geben?«, bat ich Alrischa. Sie drehte sich um, griff nach der Schere und hielt sie mir hin. Ich versuchte, damit das Stück Haut zu entfernen, doch ich schnitt zu weit, und plötzlich trat Blut aus meinem Fleisch. Der stechende Schmerz wurde schnell von einem Pochen abgelöst. Blut rann aus der Wunde und tropfte bald von meiner Fingerspitze auf die Fliesen. Ich sah, wie das Blut in der Wasserpfütze um meine Füße zu einer Schliere verlief und sich um meine Fußsohlen legte. Als ich hochsah, blickte ich in Alrischas Gesicht, das schlagartig blass geworden war.

»Oh nein«, flüsterte sie, »was machen wir jetzt?« Die Angst kündigte sich an, und ich schob schnell den blutenden Finger in den Mund, damit Alrischa ihn nicht mehr ansehen konnte. Mir wurde etwas schlecht vom Geschmack des Bluts.

»Alles gut«, nuschelte ich, »ist nicht schlimm.«

»Ich hole jemanden!«, sagte sie, doch ich schüttelte heftig den Kopf.

»Es ist wirklich nicht so schlimm.«

»Aber du hast dich geschnitten!«, rief Alrischa. Ihr Kinn wellte sich, sie schloss die Augen, und unter dem Wimpernkranz bildeten sich Tränen.

»Komm, schon gut. Ein Pflaster wird reichen«, sagte ich und legte einen Arm um ihre Schultern. Ich brachte sie in ihr Zimmer. Alrischas Kopf sank auf meine Schulter und sie schluchzte leise.

»Schon gut«, wiederholte ich immer wieder. »Was ist denn los?«

Aus Alrischas Weinen formten sich Worte: »Ich verliere dich.«

Ich drückte Alrischa fester an mich. »Nein, du verlierst mich nicht.«

»Du gehörst mittlerweile viel mehr zu Großmutter und Naos.«

Ich schüttelte den Kopf und wiegte Alrischa, bis sie aufhörte zu weinen. Es verwunderte mich, dass Alrischa anscheinend Angst hatte, mich zu verlieren – war sie doch diejenige, die mir immer wieder und immer häufiger mit Ablehnung entgegentrat.

»Ich zeig dir etwas«, sagte ich. »Warte.«

Ich lief in mein Zimmer und holte das Bild, auf dem Tante Wega und Mutter mit den zwei Babys zu sehen waren. Es lag auf meinem Schreibtisch unter ein paar Papierbögen versteckt. Für mich war völlig klar, dass es sich bei den Babys auf dem Bild um Alrischa und mich handeln musste. Ich hatte mich in meiner Wahrnehmung in der Vergangenheit selten getäuscht, das hatten die letzten Tage bewiesen. Dass Alrischa so viel älter sein sollte als ich, hatte sich nie logisch angefühlt. Sie war in vielen Dingen weniger weit als ich, und meistens war ich für sie da, statt umgekehrt. Alrischa war nicht wie die anderen; sie stand mir schon früher näher als alle anderen im Haus. Sie war mehr wie mein Zwilling.

Zurück in Alrischas Zimmer hielt ich ihr das Bild hin und fragte: »Was erkennst du da?«

»Ist das Mama mit mir, und Spika hat auch ein Baby?«

»Ich glaube schon.«

Alrischa kamen wieder die Tränen. Sie schloss die Augen. Ich erklärte schnell: »Alrischa, das ist etwas Gutes! Ich glaube, wir sind gleich alt. Es ist doch logisch so, findest du nicht?«

Ich deutete auf die kleinen Köpfe auf dem Bild, doch Alrischa schüttelte heftig den Kopf.

»Das ist Unsinn.«

»Warum denn?«

In Alrischas Gesicht erkannte ich plötzlich eine Klarheit, die ich selten an ihr gesehen hatte. Ihr Blick fixierte etwas Unsichtbares am Boden, ihr Körper wurde steif, und sie atmete flach.

»Das ist Unsinn, Maia«, wiederholte sie. »Das bist du nicht, du bist jünger, du blutest nicht mal. Du hast keine Ahnung, weißt du das?«

Ich ließ das Bild wieder sinken und hoffte, dass Alrischa noch erkennen würde, dass ich recht hatte; ich musste recht haben. Einen anderen Reim konnte ich mir auf das Bild nicht machen. Alrischa saß vor mir in ihrem Handtuch auf dem Bett, und dann öffneten sich ihre Lippen so langsam, dass ich fast erwartete, dass sie quietschen würden, als seien sie Scharniere einer Tür, die lange nicht geöffnet worden war. Sie begann mit monotoner Stimme zu erzählen, als hätte sie die Worte lange vorbereitet. »Seit ein paar Jahren tauchen in meinen Träumen immer diese Sachen auf. In den Träumen wohnt einer in der Kammer von Großmutter, die Tür ist verschlossen. Manchmal hämmert er gegen die Tür, aber niemand kommt und macht auf. Ich träume, wie ich nachts wach werde vom Poltern in der Kammer, wie ich runtergehe, mein Ohr an die Tür drücke, und wie jemand hinter der Tür sagt, *mach auf.* Eine dünne, junge Stimme. Aber ich kann nicht aufmachen. Andere Male träume ich, dass eine Portion beim Essen übrig bleiben muss. Es ist eine feste Regel, wie die Abfolge von Geschichte und Mahlzeit. Die zusätzliche Portion kommt immer in dieselbe Schüssel, zusammen mit Wasser, ein wässriger Brei, und Naos nimmt den Schlüssel, den er um den Hals trägt, und trägt den Brei in die Kammer. Ich kann da nicht alt gewesen sein, ich sehe mich als Kind, wie ich von außen gegen die Tür klopfe, manchmal klopft jemand zurück, manchmal nicht. Mama trägt mich weg von der Kammer, Großmutter auch und Naos, und ich träume, wie sie sagen, *geh da nicht hin, lass ihn.* Manchmal sehe ich ein Gesicht, weniger meine Züge, mehr Naos' Züge, aber auch deinen so ähnlich, dass ich es nicht verstehen kann. Kurze Haare hat er, liegt auf Mamas Armen, spindeldürr, mit Blut an den Armen und Händen, Tropfen, die von den Fingerspitzen fallen. Und ich weiß einfach nicht, ob es passiert ist. Ich überlege immer, ob es einen Namen gab. Ich will der Erinnerung einen Namen geben, ich nenne ihn Castor. Aber nie fällt ein Name, der ihm gehören könnte. Niemand spricht darüber. Manchmal denke ich, das kann ich mir nicht ausdenken. Dann denke ich wieder, man kann alles träumen. Manchmal wache ich nach den Träumen auf und liege im Blut und denke, das ist der Grund, warum ich es geträumt habe. An anderen Tagen denke ich, ich blute, weil ich es geträumt habe. Es gibt Tage, an denen vergesse ich es kurz, dann fällt es mir recht bald wieder ein, und manchmal traue ich mich nicht einzuschlafen, weil ich es nicht wieder träumen will.«

Alrischas Worte hingen im Raum wie Nebel, durch den wir, jede für sich, vereinzelt wurden. Kurz konnte ich sie nicht mehr sehen. Als ich Alrischa das nächste Mal anschaute, war ihr Blick zurück. Der alte unsichere Blick, der so schnell in jede Richtung kippen konnte. Ihr Körper bewegte sich wieder, sie verschränkte die Arme vor der Brust und stand auf. Ich merkte, wie sie mich sofort wegdrückte von dem, was sie gerade erzählt hatte; wie ich so nah nicht bleiben durfte.

»Vielleicht gehst du jetzt besser. Wir müssen uns umziehen«, sagte sie und rieb sich über die Augen. Ich wollte im Vorbeigehen über ihren Arm streichen, so wie sie es auch manchmal machte, wenn sie dachte, dass ich Beistand brauchte. Ich wollte sie fragen, was sie noch erinnerte, was sie noch träumte, und ob sie schon mal daran gezweifelt hatte, dass die Glühwürmchen ausschließlich Glühwürmchen waren, sondern vielleicht doch Laternen, die jemandem den Weg zum Wald erleuchteten. Doch Alrischa wich mir betont aus, und als ich im Flur stand, schloss sie die Tür schnell hinter mir.

Sechs

Pünktlich zu dem Zeitpunkt, zu dem wir uns sonst für die Nachmittagsgeschichte zusammenfanden, reihten wir uns in den Kleidern im oberen Flur auf. Ganz vorne, direkt am Treppenabsatz, stand Großmutter. Sie trug ein dunkles Kleid, eng, mit viel Spitze, kurzen Ärmeln und einem hohen Kragen. Gleich dahinter Mutter in Grau; gerade geschnitten und bis zu den Knöcheln reichend, mit einem runden Ausschnitt, an dessen Seiten ihr Schlüsselbein sichtbar wurde. Wega hatte ein Kleid aus Seide an, mit einem Wasserfallausschnitt. Es sah beinahe wie das Gegenstück zu Alrischas Ballonkleid aus in Form und Textur. Die Nähte des weißen Kleides, das ich trug, scheuerten weniger auf meiner Haut als bei der Anprobe, und sein strenger Anisgeruch wurde von Großmutters Parfum übertüncht. Ich stellte mir vor, wie wir bei Sonnenuntergang in unseren Kleidern auf der Wiese stehen und in die Fenster des Hauses blicken würden wie die Rehe.

Naos war bereits im Wohnzimmer, er trug Anzug

mit Fliege, und als wir oben hörten, dass er die Musik angestellt hatte, liefen wir in einer Reihe runter. *Now she walks through her sunken dream*, auf der Treppe blickte ich auf Alrischas Hinterkopf, wie er sich auf und ab bewegte. Sie trug eine perfekte Flechtfrisur, die sicher Wega gebunden hatte. *To the seat with the clearest view*, ich konnte die Kopfhaut in einem adrigen Muster sehen und alten Schorf. Sie sah anders aus für mich, jetzt, wo ich so viel mehr darüber wusste, was sie formte und ihre Instabilität beförderte, *she's lived it ten times or more*. Beinahe andächtig sah ich sie von hinten an, denn außerhalb einer Ordnung, die vorsah, mich in ihre Nähe zu stellen, würde ich nicht mehr an sie herantreten dürfen, zumindest für eine ganze Weile. Das sagten mir mein Gefühl und ihre ausweichende Körperhaltung, die ab jetzt wohl nicht mehr ebenso schnell verschwinden würde wie früher.

Im Wintergarten standen alle drei Torten bereit, eine braune, die weiße und eine rosafarbene. Die braune Torte war mit Karamell-Nestern verziert, und auf der rosafarbenen verbanden sich die Dekorationen der anderen Torten, denn die rosafarbene war mit herzförmigen Keksen, Karamell-Nestern und den Marzipan-Rosen der weißen Torte geschmückt. Die Atmosphäre im Raum war feierlich und tragend, das Silberbesteck und die Serviettenringe schimmerten im Kerzenlicht, die Gestecke spiegelten die wirren Karamell-Nester wider, und das Tischtuch machte den Tisch zu einer Tafel. Dampf und Kaffeeduft stiegen aus den Tassen. Die Platzkarten befanden sich auf den Tellern und zeigten an, dass ich neben Wega und Naos auf einer Seite des Tisches saß, Alrischa und Mutter auf der anderen und Großmutter am Kopfende, wo bei anderen Festen das Geburtstagskind Platz nahm. Sobald wir saßen, schlug Großmutter leicht mit ihrem Messer gegen die gefüllte Tasse. Es klang stumpf und forderte nur zurückhaltend Aufmerksamkeit.

»Wir wollen vor dem Anschnitt der Torten die Nachmittagsgeschichte auch heute nicht auslassen«, begann sie. »Ich finde, alle am Tisch sind mittlerweile alt genug, um am Geschichtenerzählen teilzunehmen, und ich möchte heute Maia bitten, eine Geschichte auszuwählen und sie für uns vorzutragen.«

Wega klatschte in die Hände, drückte mich an sich, und ich nickte Großmutter zu. Es überraschte mich kaum, dass Großmutter mich darum bat. Wenn ich schon Feuer machen durfte, warum sollte ich dann nicht auch Geschichten erzählen dürfen. Zum Glück hatte ich die Geschichte von Navi schon häufiger nur für mich aufgesagt, in Vorbereitung darauf, dass ich eines Tages um eine Geschichte gebeten werden würde. Eine andere hätte ich so spontan nicht wortgenau abrufen können. Ich räusperte mich und vermied es, zu Mutter und Alrischa zu gucken, denn das Erzählen wollte ich mir unter keinen Umständen vermiesen lassen. Mein alter Ehrgeiz wurde für diesen Moment entfacht, alle Worte lagen lange bereit, und ich wollte sie aussprechen. Ich würde an der Wortfolge ein paar Dinge ändern und hoffte, dass die anderen es akzeptieren konnten. Großmutter schlug erneut an ihre Tasse und sah mich an. Ich trank einen hastigen Schluck von meinem Kaffee, er verbrannte mir beinahe die Zunge, und dann begann ich zu erzählen, wie Navi vor keiner Begegnung zurückgeschreckt war. Sie war auf Hirschen geritten, mit Ottern geschwommen, und eines Tages entschloss sie sich, auf eine besondere Wanderung durch den Wald zu gehen. Sie füllte ihre Flasche mit frischem Wasser und lief los. Wenn es hell war, legte Navi unzählige Schritte zurück, und wenn die Dunkelheit eintrat, suchte sie sich einen Unterschlupf in den Bäumen, kleinen Höhlen oder unter Felsvorsprüngen. Ich stellte mir Navis Abenteuer im Wald direkt vor unseren Fenstern vor und war mir zum ersten Mal sicher, dass die Geschichte genau dort gespielt haben musste. Als Navi schon einige Tage gelaufen war, erreichte sie steinigeres Gebiet. Der Boden wurde Fels, der Horizont klar und gerade, und an wenigen Stellen brachen Gräser zwischen den Steinen hervor. Navi ließ sich von der veränderten Umgebung nicht beirren. Sie setzte einen Fuß vor den anderen, doch bald hörte sie ein Grummeln hinter sich. Navi blieb abrupt stehen; drehte sich langsam um. Hinter ihr stand ein Bär. Navi versuchte, ruhig zu bleiben, obwohl sie am liebsten weggerannt wäre. Sie ging vorsichtig rückwärts und ließ den Bären nicht aus den Augen. Dieser rührte sich nicht, machte aber auch keine Anstalten, sich von Navi abzuwenden. Der Abstand zwischen Navi und dem Bären wurde immer größer. Irgendwann war er nicht mehr zu erkennen, und Navi ließ sich erschöpft auf einen Stein fallen. Sie atmete tief durch und hoffte, dass der Bär sie nicht wieder heimsuchen würde.

Ich hatte meiner eigenen Stimme aufmerksam zugehört. Es erfüllte mich mit Stolz, wie sie noch einen Augenblick die Atmosphäre im Raum sättigte. Durch das Erzählen hatte es sich angefühlt, als hätte ich den Weg durch den Wald selbst zurückgelegt. Wega klatschte erneut in die Hände. Auch Großmutter und Naos klatschten, und sogar Mutter und Alrischa nahmen schließlich am Applaus teil.

»Schön betont«, sagte Mutter anerkennend. Ich sah ihr an, dass sie es ernst meinte.

»Danke, Maia«, nahm Großmutter ihre Rede wieder auf. »Nun wollen wir die Torten anschneiden.« Sie nahm das Messer zur Hand und reichte es an Mutter weiter. Die beugte sich leicht über den Tisch, zog die einstöckige Torte etwas zu sich heran und stach mit Bedacht durch die braune Masse, die die Schichten umhüllte. Mutter teilte die Torte in genau gleich große Stücke, zweimal sechs, und das Messer blieb dabei fast sauber, nur ein paar dünne Karamellhaare klebten daran. Sie hob mit dem Tortenheber ein Stück auf ihren Teller. Die Torte war gleichmäßig geschichtet, Creme und Boden in exakter Dicke. Großmutter sah zufrieden aus, und Mutter gab das Messer weiter an Alrischa.

»Darf ich die zweistöckige anschneiden?«, fragte Alrischa. Sie wirkte ungläubig, denn normalerweise durften wir beide nicht am Anschneiden teilnehmen, und die Weitergabe des Messers übersprang uns. Doch jetzt nickte Großmutter, und Alrischa nahm das Messer in beide Hände. Sie setzte mehrere Male an und schnitt schließlich einmal gerade durch den oberen Stock der Torte. Sie wiederholte es einige Male, drehte dabei jedes Mal etwas am Teller, und am Ende war ich überrascht, dass auch die Stücke von Alrischa sich nicht auffällig in ihrer Größe unterschieden. Mutters Schnitte übertrafen sie nicht, aber ich freute mich, dass es Alrischa auf Anhieb so gut gelungen war. Auch ihr selbst war anzusehen, dass sie damit nicht unbedingt gerechnet hatte. Ein Stück landete auf ihrem Teller, und Wega schnitt den unteren Stock der Torte an. Dann reichte sie das Messer weiter an mich.

»Kann ich auch von der zweistöckigen nehmen?«, fragte ich.

»Später. Schneide erst die dreistöckige an, bitte«, sagte Wega, und das tat ich, denn alle waren gespannt, wie sie innen aussehen würde. Zwar musste ich mich auf meinen Stuhl stellen, um mit dem Messer richtig anzusetzen, aber es war nicht schwer, es ordentlich zu machen, denn der Durchmesser des oberen Stocks war nicht so groß und mit einem einzigen Messerschnitt zu teilen. Naos und Großmutter übernahmen die anderen beiden Etagen, und Naos füllte mir, Großmutter und sich die Teller. Der Schokobiskuit wechselte sich mit einer Likörcreme ab, die schokoladig roch.

»Davon möchte ich auch ein Stück«, sagte Wega und schielte auf meinen Teller. Bisher unterschied das Fest sich in nichts von unseren Geburtstagsfesten, und es gab bislang keine Hinweise darauf, dass wir hinausgehen würden. Ich warf einen erwartungsvollen Blick zu Großmutter, denn Ungeduld stieg in mir auf. Als sich unsere Blicke trafen, zwinkerte sie mir zu und ließ wieder die Kaffeetasse klingen – nachdem sie einen Schluck genommen hatte, war der Ton spitzer geworden.

»Bevor wir mit dem Essen beginnen, möchte ich einen Wunsch aussprechen.« Sie deutete auf Wegas Bauch. »Ein neues Leben wird ins Haus einkehren. Das Kind soll Enif heißen.«

Alrischas Blick versteinerte. Ich sah zu Wega hinüber, die vor Freude strahlte. Ein neues Leben würde ins Haus einkehren. Ich kannte seinen Stern Enif schon lange, er war einer der hellsten Sterne im Sternbild Pegasus und einer der äußeren, mit einer schwankenden Helligkeit. Wega würde ein Baby halten wie auf dem Bild, und vielleicht würde ich es auch halten dürfen.

Großmutter fuhr fort: »Erst die Stoßwelle der Supernova setzt die Klumpen in Bewegung, die später zu einem Stern werden. So, wie die Energie der Supernova die Entstehung des neuen Sterns ermöglicht, soll Enif meine Energie erhalten. Damit Enif leben kann, hell und groß wird, wie wir.«

Großmutter griff erneut das Messer, an dem Sahne klebte und Zuckerfäden. Sie ließ es durch ein feuchtes Tuch fahren, um die groben Reste der Torten zu entfernen. Dann streckte sie den Arm aus, und bevor ich realisierte, was geschah, drückte sie das Messer in ihren Arm, schnitt längs des Armes hinauf. Unter dem Schnitt quoll Großmutters Blut hervor, quoll auf die Tischplatte, wurde von der Tischdecke aufgesaugt, lief über ihren Arm und tropfte an ihren Fingern herunter, leise auf den Holzfußboden. Die Blässe des Morgens kehrte in ihr Gesicht zurück. Sie schloss immer wieder die Augen, verformte das Gesicht, hielt sich mit beiden Händen an der Tischkante fest. Ein dumpfes Klatschen gegenüber. Alrischa ohnmächtig auf dem Boden; Mutter über ihr, die sie hielt und nicht mehr zu Großmutter schaute. Mutter wischte sich und Alrischa Schweiß und Tränen aus den Gesichtern. Meinen Körper erfasste ein Beben. Die Situation schlug in meinen Körper ein; es war, als hätte ich sie auf mich zukommen sehen – aber zu schnell, um mich noch zu ducken, und doch in Zeitlupe. Ich sank auf dem Stuhl zusammen, schaute zwischen Naos und Wega hin und her, die völlig unverändert, ohne Anzeichen von Entsetzen dabei zusahen, wie Großmutter ausblutete. Großmutter fiel zu Boden, blieb dort liegen, während sich eine Lache um sie bildete und ihre Augen schließlich starr wurden. Ich dachte daran, dass Pegasus aus der Stelle der Erde entsprang, auf die Medusas Blut getropft war, und mein Blick wanderte zwischen Großmutters Blut und Tante Wegas Bauch hin und her. Ich ging davon aus, dass etwas passieren würde, doch da war nichts außer dem Röcheln, das aus Großmutters Hals drang und bald zum Erliegen kam.

Für einen Moment war es still. Es war, als bliebe alles stehen. Ich ließ den Kopf in den Nacken fallen, damit ich den Raum nicht mehr sah. Durch das Glas des Wintergartens blickte ich in dunkler werdendes Blau, keine Bewegungen am Himmel, das Bild nur durchsetzt mit Großmutters Spiegelung.

Wenn ich heute von diesem Tag träume, sehe ich es immer wieder. Wie das Blut aus Großmutters Körper tritt und in dicken Tropfen auf den Boden fällt. Ich sehe die Kuchenreste im Tuch, rieche die schokoladigen Tortenböden und höre das Röcheln, Mutters Weinen und den Aufprall von Alrischas Fall. Ich sehe das Lächeln auf Wegas Gesicht, das zu einer Fratze wird, von der ich aufwache. Bis ich diesen Moment in meiner Erinnerung vollständig rekonstruiert hatte, dauerte es mehrere Jahre, doch heute bin ich mir fast sicher, dass es so ablief, oder so ähnlich. Ich erzähle davon, wenn ich nach meiner Großmutter gefragt werde, so wie ich erzähle, wie Mutter mich immer gebadet hat oder Alrischa zu mir ins Bett krabbelte, wenn sie nicht einschlafen konnte. Seit ich Worte für die Erinnerung habe, ist sie kleiner geworden. Ein Teil meiner Entstehung. Alles ist eine Kette gleich großer Schritte geworden, eine regelmäßige Abfolge, überschaubar, absehbar. Nichts beschleunigt mehr plötzlich oder bewegt sich abrupt, und von hier aus sehe ich nur das gleichmäßige Kreisen; um mich, nicht auf mich zu. Ich hatte von Großmutter gelernt, wie ich die Zutaten abwog. Sie hatte mir die Geschichten gezeigt, wenn wir zusammen in der Bibliothek gesessen hatten; sie hatte mich unterrichtet, und zuletzt zeigte sie mir den Tod, nicht den Weg aus dem Haus. Für eine Weile konnte ich nur noch erinnern, wie sie dort tot auf dem Boden gelegen hatte, wenn ich versuchte, mir ihr Gesicht in Erinnerung zu rufen. Ihr früheres Bild war wie ausradiert. Doch es kam zurück, und heute habe ich Schwierigkeiten, noch das Bild ihres toten Gesichts zu finden – die Haut war wie helles Wachs gewesen, so viel weiß ich noch. Sie war von einem Moment auf den anderen nicht mehr sie. Nur ein leerer Körper, ein Material, das wenig mit dem zu tun hatte, wer sie gewesen war. Kapella, Großmutters Stern, und die Plejaden mit Maia stehen eng beieinander. Großmutter war in den Tagen vor dem Fest in meine Nähe geraten; ich denke, sie suchte sie aus Gründen der Sternenkonstellation. Sie gab Enif ihren Platz und mir ihre Aufgaben, wollte mir ihr Selbstbewusstsein weiterreichen, mir auch etwas ihrer Energie abtreten. Zum Zeitpunkt des Festes stand Spika, Mutters Stern, nicht am Himmel. Trotzdem sah ich beim Fest niemanden deutlicher als sie. Mutter bekam eine Tiefe, als verwandelte sich vor meinen Augen ein Schatten in einen Körper. Ich hörte Mutter weinen. Sie war die Einzige, die an diesem Tag laut weinte. Ich schaute zu ihr und sah, wie sie Alrischa behutsam zum Sofa trug. Alrischa war noch immer ohnmächtig, aber sie atmete sanft. Naos schlug mit dem Messer gegen die Tasse, wie zuvor Großmutter, und Mutter kehrte schließlich mit gesenktem Blick an den Tisch zurück, als hätte er sie gerufen. Dann begann Naos zu erzählen, wie Großmutter einen Preis für eine Torte gewann und vom Gewinn ans Meer fuhr. Wega griff zur Gabel und nahm einen Happen ihrer Torte.

»Köstlich«, sagte sie leise, während Naos sprach, und stupste mich an. »Iss!«

Meine Hand griff wie ferngesteuert zur Gabel. Mir floss säuerlicher Speichel in den Mund, ich musste immer wieder schlucken. Ich stocherte nur auf meinem Teller herum und hörte, wie Naos erzählte, dass Großmutter am Strand entlanglief, Stunde um Stunde, und dem Kommen und Gehen der Wellen zusah. Morgens stand sie im Morgengrauen auf, ging vor dem Frühstück im Meer schwimmen und kehrte über die Dünen heim. Die Dünen strichen im Wind um ihre Beine, und bald begann sie, Muscheln zu sammeln. Sie nahm sie mit, bastelte Halsketten und Armbänder daraus, die sie bald jedem schenkte, den sie traf.

Ich wusste nun, wie Großmutter übergetreten war. Mit einem Schnitt in den Arm, und mir wurde schrecklich übel von diesem Wissen.

Nach der Geschichte erhoben wir uns von unseren Plätzen. Ich spürte, wie Naos mich hinter Wega und Mutter her durchs Wohnzimmer schob. »Ich kümmere mich hier um alles«, sagte er und öffnete die Flügeltür zum Flur. Mutter und Wega griffen Alrischa unter die Arme. Sie blinzelte durch die Augenlider, als sie sie aufrichteten, und schlurfte die Füße mit Wegas und Mutters Schritten mit. Alrischa war beinahe so blass wie Großmutter, aber es war eine andere Blässe – eine unvollständige, vorübergehende; das sah ich genau. Ich drehte mich noch einmal um und sah die Tafel – die Krümel auf dem Tischtuch, die angeschnittenen Torten und den Schein der Kerzen; vor den Fenstern die Dämmerung. Das Blut von Großmutter lag wie ein dunkler Spiegel unter dem Tisch. Sie selbst wurde von einem weißen Tuch verborgen, das beinahe blutlos geblieben war. Ich hatte nicht mitbekommen, wer es über sie gebreitet hatte. Mutter und Wega trugen Alrischa an mir vorbei die Treppe hinauf und in ihr Zimmer. Ich spürte wieder Naos' Hand auf meinem Rücken, ein sanfter Druck zwischen meinen Schulterblättern. Er schob mich in den Flur und schloss die Flügeltür hinter mir. Es war dunkel, die Luft stand, und meine Übelkeit entlud sich in Galle, die ich auf den Holzboden vor meine Füße erbrach. Es roch säuerlich und machte ein Geräusch, als hätte ich einen Eimer Putzwasser ausgekippt. Aus dem Wohnzimmer hörte ich Musik, *when the moon is in the seventh house*, und das Klappern von Tellern.

Früher hatte ich im Flur einen Fuß eng vor den anderen gesetzt, um jede Stelle des Bodens zu berühren. Jetzt tastete ich mit den Händen jede Stelle der Wände ab. Ich begann an den Fußleisten neben der Besenkammer, die Wände hoch, bis ich auf den Zehenspitzen stand. Ich suchte nach Kerben, Rissen und Linien, wie sie den geheimen Vorratsschrank umgaben, doch ich fand nichts. Ich tastete die Wände in Großmutters Schlafkammer ab. Ich verrückte ihre Möbel, um zu sehen, ob sich bei ihr der Ausgang befand. Ich klopfte dort, wo es unter meinen Schritten knarrte, auf den Boden, um zu hören, ob es darunter hohl klang. Doch ich fand nirgends mehr als die Schablonen, aus denen jeder Raum bestand. Nirgends verbarg sich etwas Neues. In der Küche zog ich den geheimen Vorratsschrank aus der Wand, so weit in den Raum, wie es ging. Dahinter schaute ich in eine Art engen Flur. Ich zündete eine Kerze an und leuchtete die Wände aus, doch alles war glatt, geschlossen, nicht herauszuziehen, zu öffnen oder wegzuklappen. Ich leuchtete mit der Kerze die Wände der Küche ab, erneut den Flur entlang, noch mal in Großmutters Kammer und die Besenkammer. Dort standen Putzsachen, Eimer, Besen, Wischer und Reste des Gestrüpps für die Tischdekoration. Auf einem Regalboden über der Tür lagen ein paar Schwämme, Lappen und alte Handtücher. Ich konnte die Kammer nicht betreten, weil der Boden mit Eimern vollstand, und auch im Schein der Kerze erkannte ich nichts Besonderes. Wahrscheinlich befand sich der Ausgang im Wohnzimmer, wo jetzt Naos wachte.

»Maia?«

Ich hörte Wegas Stimme hinter mir.

»Was machst du denn?«

»Ich habe mich übergeben und will es wegwischen«, erklärte ich.

»Schon gut, das mach ich gleich. Ich bring dich ins Bett.«

Sie blies die Kerze in meiner Hand aus, stellte sie am Treppenabsatz ab und zog mich vorsichtig durch die Dunkelheit auf die obere Etage. Ich konnte nur langsam gehen, und in meinem Zimmer fiel ich erschöpft aufs Bett.

Wega schlug die Decke über mich und sagte: »Hast du gehört, an was für einen schönen Ort deine Großmutter gekommen ist?«

Ich reagierte nicht.

Wega fuhr fort: »Sie konnte wirklich großartig backen, es ist doch nur richtig, dass sie damit jetzt Preise gewinnt, findest du nicht?«

Das Gefühl einer unerträglichen Übermüdung machte sich in mir breit, machte mich schwer, und jedes Wort verweigerte sich. »Warum hast du sie nicht daran gehindert?«, presste ich schließlich hervor.

»Daran überzutreten?«, fragte Wega. »Weshalb sollte ich das tun? Wir warten doch alle darauf.«

»Aber jetzt kommt sie nie wieder zurück. Ich habe mich nicht verabschiedet.«

Ich zog die Bettdecke über mich und spürte, wie Wega an mir rüttelte. »Wollen wir sehen, ob Maia da ist?«

Ich schüttelte den Kopf.

»Ist für jeden von uns jemand gestorben?«, fragte ich. Meine Stimme erstickte beinahe unter der Decke.

»Ja, mein Schatz. Es geht nicht anders. Anders kann kein Leben entstehen. Enif würde jede Kraft fehlen. Du hast es doch gehört, es kann nur ein Stern entstehen, wenn in seiner Nähe einer stirbt.«

Ich schwieg und drehte mich unter der Decke weg von Wega. Die seufzte, nachdem sie noch einige Male an mir gerüttelt hatte. Erst als sie vom Bett aufgestanden war und die Tür hinter ihr ins Schloss fiel, brach ich in Tränen aus. Ich tat nichts, außer zu weinen. Ich dachte an nichts, ich roch nichts mehr, spürte nichts mehr, nur die Tränen, die kamen und liefen und mich leerten. Wegas gelassene, herzliche Art war ein Negativ ihres wahren Wesens gewesen. Es war vielleicht diese Erkenntnis, die in den Stunden nach Großmutters Tod am meisten an mir zerrte; dass Wega im Moment von Großmutters Ausbluten freudig hatte sein können. Es verkehrte mein Bild von ihr ins Gegenteil. Sie hatte auch nicht auf Alrischas Ohnmacht reagiert. Mutter hatte ich vorher ebenfalls als ein Negativ ihrer selbst gesehen. Wer konnte es ihr verübeln, dass sie sich angesichts der Tatsache, dass wir alle im Selbstmord enden und uns gegenseitig dabei zusehen würden, so verhärtet hatte. Wega allerdings schien im Reinen mit allem zu sein. Nichts schien sie aus dem Haus zu drängen.

*

Ich weiß nicht, wie lange ich dort gelegen und geweint habe, doch irgendwann verspürte ich den Drang, Alrischa aufzusuchen; sie in die Arme zu nehmen, ihre Tränen zu sehen und meine zu zeigen. Ich wollte sie bei der Hand nehmen und mit ihr über die Wiese zum Waldrand und in unsere eigene Geschichte rennen. Wir würden herausfinden, worin sich die Welt erschöpfte, denn zwischen den Wänden des Hauses tat sie es nicht. Als ich die Türklinke zu Alrischas Zimmer hinunterdrückte, konnte ich sie nicht öffnen. Die Tür war abgeschlossen. »Alrischa«, fragte ich – gerade so laut, dass es die Chance gab, dass sie mich hörte, aber sonst niemand im Haus. Ich drückte mein Ohr an die Tür. Es kam keine Antwort. Ich klopfte leise, doch es änderte nichts.

Ich lief auf die andere Seite des Flures und öffnete die Tür zur kinderfreien Zone, als hätte ich es zuvor tagein, tagaus getan. Dort standen zwei Türen offen, die Zimmer leer. Ich sah weiße Wände, Möbel, wie Alrischa und ich sie auch besaßen, und den einfachen Holzboden, der im ganzen Haus lag. In einem Zimmer stand ein breites Bett, im anderen ein schmales. Auf dem Nachttisch neben dem schmalen Bett entdeckte ich Mutters Haarbänder. Ich ging hinein und streifte mit einer Hand an den Wänden entlang, denn ich wollte jede Unebenheit, jede Andersartigkeit ertasten. Doch auch hier unterschieden sich die Wände in nichts. Ich schloss die Tür hinter mir und drückte mein Gesicht in Mutters Kissen. Ich roch den matten Geruch von Mutters Haut und sah mich als Baby, wie auf dem Foto, auf Mutters Arm schlafend.

Nachdem ich eine Weile in Mutters Bett gelegen und mich in die Laken gegraben hatte, ertastete ich unter dem Kissen dickes Papier. Ich zog einen Umschlag hervor. Darauf stand in Mutters schönster Schrift *Leonis*. Ohne darüber nachzudenken, ob es mir erlaubt war, öffnete ich den Brief und las:

Lieber Leonis,

ich schreibe dir zwischen Backen und Abendessen. Im Flur duftet bereits das Brot. Ich habe es eben erst in den Ofen geschoben. Die Tage sind öde. Ich befürchte, das nächste Fest wird eines sein, in dem Mutter für Wegas Baby geht. Ich möchte nicht wieder zusehen müssen. Auch die Kinder müssen es dann sehen und werden nicht mehr vergessen. Es plagt mich im Schlaf.
Die Tage sind öde und die Nächte lang. Es dringt kaum Licht in mein Zimmer, und ich mache mir Sorgen. Maia hat ihren eigenen Kopf. Sie hört nicht mehr auf mich, und Mutter nimmt sich ihrer mehr und mehr an. Maia gehörte nie ganz zu mir, und es wird immer deutlicher.
Ich verstehe nicht, weshalb Mutter noch unsere Nähe sucht. Sie könnte uns doch helfen, sie gehen zu lassen. Nur mich ignoriert sie, so gut es geht. Alles wie immer also, du hörst, es hat sich wenig verändert.
Ich frage mich, ob es dir gut geht. Ich kann den Tag kaum erwarten, an dem ich an der Reihe bin und zu dir in die Wüste komme. Den Moment stelle ich mir schrecklich vor – wenn man tatsächlich das Messer ansetzt. Aber was danach kommt, darauf freue ich mich. Dich und Gemma wiederzusehen. Vor dem Schlafen wünsche ich mir, dass ich in

deiner Nähe sein werde; dich bald wiederzusehen wäre schön. Kannst du diesen Brief lesen? Ich weiß es nicht.

Deine Spika

In der Schublade am Nachttisch fand ich weitere Briefe. Sie stapelten sich auch im Schrank; auf manchen stand *Leonis* und auf anderen *Gemma*. Die Briefe sahen teilweise alt aus, sie hatten verschiedenfarbige Umschläge, und auch Mutters Handschrift hatte sich mit der Zeit verändert. Beim Öffnen des Schranks fielen mir einige entgegen, rutschten von ihren Bergen. Ich kannte Gemma als Stern. Er ist Teil des Sternbilds Krone, zu dem die Sage um einen Fluch über Athen gehört. Die Bewohner Athens mussten Minotauros jedes Jahr sieben Mädchen und sieben Jungen opfern. Minotauros war ein Mischwesen aus Mensch und Tier, ein Monster. Als erneut ein Tag der Opferung bevorstand, befand sich Theseus auf dem Weg nach Athen, um Minotauros zu bezwingen. Auf seinem Weg rettete er einen Ring aus dem Ozean und erhielt von den Meeresnymphen dazu eine Krone. In Athen angekommen, verliebte er sich in Ariadne, mit der er einen Plan ausheckte, um Minotauros zu besiegen. Dieser flog jedoch schnell auf, und Minotauros wollte sich auf Theseus stürzen und ihn töten, doch er wurde von der Krone geblendet. Theseus erwürgte das Monster daraufhin mit bloßen Händen.

Ich nahm die Briefe an Leonis und Gemma in die Hände, jeden einzelnen. Sie waren nicht zugeklebt, sodass ich das Geschriebene einfach aus dem Umschlag holen konnte. Ich ging die Briefe durch, streifte alle Zeilen, las sie quer. Mutter klagte über ihre Sehnsucht, über die Ablehnung von Großmutter und über die Distanz, die sie zu mir hielt. Sie schrieb von den Abläufen im Haus, vom Feuer, das einmal in der Küche ausgebrochen war und das Ende aller hätte bedeuten können. Über ihre Hoffnung, in die Wüste zu kommen, und dass sie Leonis und Gemma vermisste. Sie schrieb nichts davon, dass sie Naos oder Großmutter oder sonst jemanden dabei gesehen hatte, wie sie das Haus verließen. Sie sehnte ihren eigenen Selbstmord herbei, der sie mit Gemma und Leonis wiedervereinen würde. In einem Brief mit verblichener Schrift stand geschrieben:

Mein lieber Gemma,

du bist heute vier Jahre fort. Ich habe jeden Tag gedacht, dass ich dir hinterhermuss und dass ich gehen werde mit der nächsten Geburt. Doch nun bin ich diejenige, die gebären wird. Ich werde noch bleiben müssen, lange, bis das Baby groß ist, kein Kind mehr ist und ohne Mutter zurechtkommt.

Dass wir deine Geschichte nicht erfahren, treibt mich in den Wahnsinn. Ich stelle mir vor, wie du jetzt in der Wüste bist, mit Leonis, und wie ich zu euch stoßen werde. Leonis passt auf dich auf und ich auf das neue Kind. So soll es wohl sein. Ich vermisse dich, und ich werde es so lange tun, bis wir uns wiedersehen. Ich vergesse dich nicht, auch wenn wir deiner nicht gedenken.

Deine Mutter

Ich weiß nicht, wie lange ich in den Briefen gelesen hatte, als ich jemanden im Flur hörte. Ich schaffte die Briefe zurück in den Schrank, schloss die Türen und verschränkte die Arme hinter dem Rücken. Mutter öffnete die Tür und trat ein.

»Was machst du hier?«, fragte sie. Ihr Gesicht sah glatt aus, verwundert, aber nicht ärgerlich. Als hätte sie kurz alle ihre Prinzipien vergessen.

»Ich wollte nicht allein sein«, antwortete ich.

Plötzlich kamen mir wieder die Tränen. Normalerweise versuchte ich, sie vor Mutter zu verstecken, aber sie ging einen Schritt auf mich zu und schloss ihre Arme um mich, als würde sie das ständig tun. Ihre Arme fühlten sich hart an; ich ließ mich auf Mutters knochige Schulter sinken und flüsterte: »Wer ist Gemma?«

Mutter nahm etwas Abstand ein und sah mich durchdringend an. Sie überlegte lange. Ich merkte ihr an, wie sie versuchte, eine geschickte Antwort darauf zu finden, und schließlich aufgab: »Mein anderes Kind.«

»War er ein Baby, als Alrischa auch eins war?«

Mutter nickte, doch ihre Gesichtszüge wurden ernst. »Woher weißt du das?«

»Ich habe ein Foto von dir und Wega mit zwei Babys gefunden.«

Mutter nickte wissend. »Das, ja. Ich erinnere mich. Großmutter hat es sehr schnell verschwinden lassen.«

»Alrischa träumt von ihm. Sie sieht ihn mit Blut an den Armen, wie es bei Großmutter war.«

Mutter seufzte. »Alrischa erinnert sich? Herrje. Das wusste ich nicht, sie war so klein.«

Mutter stiegen Tränen in die Augen, doch sie sah mich weiter an.

»Ich glaube, es gibt ein weiteres Foto von ihm. Er hat in der Kammer gewohnt, nicht?«

Mutter nickte, und ihr Blick hellte sich auf. »Wo hast du ein Foto von ihm gefunden?«, fragte sie.

»In Großmutters Sekretär.«

Es machte den Anschein, dass Mutter sofort den Raum verlassen und nach dem Foto suchen wollte, doch ich versuchte, sie mit weiteren Fragen festzuhalten.

»Wie ist er gestorben? Warum gibt es keine Geschichte von Gemma?«

Mutter rieb sich über das Gesicht. »Er ist sehr krank zur Welt gekommen und durfte nicht bleiben. Er hätte in unserem Gefüge nie funktioniert, er hätte keine einzige Aufgabe übernehmen können. Leonis und ich konnten nichts tun. Mutter, Naos und Wega waren sehr entschlossen.«

»Stimmt es, dass für jeden von uns jemand anderes gestorben ist?«

Mutter nickte.

»Wer ist für mich gestorben?«

Mutter wendete ihren Blick ab. »Leonis«, sagte sie leise. Es wirkte, als überlegte sie, die Distanz zu mir wieder einzunehmen, doch dann strich sie mir die Haare aus dem Gesicht und die Tränen von den Wangen, während ihre liefen. Sie drückte ihre Hand flach in mein Gesicht und wischte, doch diesmal war sie vorsichtig. Sie kratzte mich nicht und tat mir nicht weh. Es fühlte sich ungewohnt an, von ihr berührt zu werden, und ich regte mich nicht. Ich wollte mit keiner Bewegung provozieren, dass sie grob wurde oder aufhörte. Als Mutter mich wieder losließ, versuchte ich unser Gespräch wieder aufzunehmen, es nicht abreißen zu lassen. »Ich habe gesehen, dass Naos draußen war. Vor den Fenstern. Er hat Electra zum Wald getragen.«

Mutter schüttelte abrupt den Kopf. Ihr Blick wurde mit einem Mal eiskalt. »Was redest du da?«

»Es muss einen Weg zur Wiese geben!«

Mutter schloss die Tür zum Zimmer. »Du dummes, vorlautes Kind«, zischte sie. Ich streckte meinen Arm nach ihren Beinen aus, doch Mutter wich einen Schritt zurück.

»Ich habe es doch gesehen«, erklärte ich ihr.

»Es ist gefährlich, was du da sagst, Maia.« Sie blickte umher, als würde sie den Raum und Flur nach versteckten Ohren absuchen. Abrupt setzte ein Kopfschmerz ein, der mir die Sprache verschlug. Mutters Ton wurde ernst und leise. Ich hatte ihre Stimme so noch nie gehört: »Ich habe es selbst erlebt, Maia. Ich habe nach den Auswegen gesucht, genau wie du es gerade tust. Doch kaum spürte ich das Gras unter meinen Füßen, riss etwas an meinem Kopf. Mich überkam ein Schmerz, so quälend, wie ich ihn niemandem wünschen würde. Es brannte in meinem Nacken, ich bekam einen Schlag und mir wurde schwarz vor Augen. Es dauerte Wochen, bis mein Körper wieder funktionierte, und meine Position im Gefüge konnte nie wieder die alte werden.«

Ich wollte nach dem Weg nach draußen fragen, doch Mutter griff mich am Arm und schob mich in den Flur hinaus. »Verschwinde auf dein Zimmer. Und bleib da«, sagte sie zu mir, während sie sich vorsichtig im Flur umblickte.

»Ich bin mir sicher, wir können jetzt sofort zu Gemma«, erwiderte ich leise. »Und zu Leonis!« Sobald ich den Namen ausgesprochen hatte, gab Mutter mir eine Ohrfeige. Es sauste in meinem Ohr, und Mutter sah ihre Hand an.

In meinem Zimmer trat ich ans Fenster und blickte hinaus. Meine Wange glühte, ich sah Enif hell leuchten, und ein kosmischer Nebel zog über den Himmel hinweg – aus totem, glühendem Stern bestehend, aus Sternschnuppen und Polarlicht. Maia war nicht zu erkennen, er verbarg sich hinter dem Nebel, doch ich spürte dennoch seine Anziehungskraft. Kurz vergaß ich, was passiert war; alles, was ich erfahren hatte. Ich trat weg, sank in mich. Wenn man am Himmel helle Punkte sieht, die nicht zugeordnet werden können, die nicht Teil von Sternbildern sind und sich entlang der Ekliptik zu bewegen scheinen, dann sind es aller Wahrscheinlichkeit nach Planeten. Planeten entstehen, wenn sich um einen jungen Stern eine undurchsichtige Scheibe aus Gas und Staub bildet. Sie bewegt sich gravitativ um das Massenzentrum des Sterns, und durch Erschütterungen ballen sich die Staubpartikel zusammen. Die entstandenen Brocken verbinden sich und werden Bausteine des Planetenkerns. Je stärker der Planetenkern wird, desto mehr nähert er sich einem Zustand an, in dem sich um ihn die Gashülle bildet. Er kann irgendwann ihn umgebendes Gas einsammeln und selbst gravitativ festhalten. Planeten sind Nebenprodukte von Sternen, so klingt es für mich, und haben keine eigene Energiequelle, wie Sterne sie haben. Doch sie definieren die Monde, die sich um sie drehen. Über die Entstehung unseres Mondes wird vermutet, dass er aus einer Kollision der Erde mit einem etwa marsgroßen Brocken hervorging. Aus den Trümmern und Bröseln des Erdmantels formte sich der Mond, verhältnismäßig groß im Vergleich zu den Monden anderer Planeten. Die Kollision brachte die Erde sogar dazu, ihre Rotationsachse zu verändern. Wie unser Mond entstanden ist, ist äußerst ungewöhnlich. Und ob es genau so war, ist längst nicht sicher. Sterne werden Träger ihrer eigenen Energie, indem in ihrer Nähe ein Stern stirbt. So wurde mir erklärt, warum es bei uns genauso war. Wieso wir im Haus nicht so geboren wurden und lebten, wie Planeten entstanden – ohne Supernova, aus eigener Kraft wachsend –, das wusste ich nicht. Dass aus einem Aufprall etwas Neues hervorgehen kann, wie es bei unserem Mond der Fall ist, habe ich im Moment des Festes und der folgenden Nacht selbst erlebt. Die Geschichten, die der Weltraum erzählt, sind so vielseitig, dass ich, soviel ich auch lerne, nie verstanden habe, weshalb im Haus das eine und nicht das andere herausgegriffen wurde. Soviel ich auch über den Weltraum lerne – über die Entstehung der Erde; wie sich die Erde im Kosmos einordnet; wie man vermutet, dass alles entstanden ist –, kann ich doch keinerlei Handlungsanweisungen daraus ablesen. Alles ist gleich groß, steht nebeneinander, die Bezüge bloße Zufälle. Bis heute ist mir nicht klar, weshalb Mutter mir nicht glaubte, als ich ihr sagte, dass wir das Haus verlassen könnten. Vielleicht hatte sie all ihre Kraft darauf verwendet, diese Gedanken in sich zu ersticken, seit ihr Versuch schiefgegangen war, und empfand es als bedrohlich, dass ich sie aussprach. Mittlerweile bin ich mir sicher, dass nur Naos, Großmutter und ich zu dieser Zeit darüber im Bilde waren, dass das Haus verlassen werden konnte, ohne dass etwas passierte. Wir hingen mit unseren Blicken an den Fenstern, im Wald, auf der Wiese. Wir beobachteten die Rehe, die Wolken und die Bewegungen, die der Wind brachte. Wegas Blick hing nachts unaufhörlich in den Sternen. Tags war er benebelt und nahm wenig von dem wahr, was über die Wände des Hauses hinausging. Alrischa war gefangen in ihren Albträumen und ihrer Angst. Sie konnte sich weder entscheiden, ob sie Kind sein wollte oder eine Erwachsene, noch konnte sie sich entscheiden, ob sie das Leben, das sie lebte, so wollte. Ihr Blick reichte nicht so weit, ihre Position im Gefüge ließ es nicht zu. Mutter war einmal bereit gewesen, die Wahrheiten über das Haus herauszufinden. Wer oder was sie beim Hinaustreten überwältigt hatte, schien sie nie herausgefunden zu haben. Ich weiß nicht, weshalb Großmutter mich aussuchte, meine Aufgaben vor dem Fest auszuweiten. Mein Blick weitete sich, er überwand schließlich sogar den Horizont. Ich verließ meine üblichen Wege, während um mich herum alles seinen gewohnten Gang ging, und bald konnte ich mich nicht mehr in die Lage derjenigen versetzen, die mein neues Wissen nicht teilten.

*

Als ich in der Nacht von Großmutters Tod in meinem Zimmer am Fenster stand und versuchte, zu Sinnen zu kommen, hörte ich plötzlich dumpfe Geräusche vor den Fenstern; erst kaum wahrnehmbar, dann immer deutlicher. Ich blickte suchend auf den Waldrand und schließlich auf die Wiese. Vor dem Haus stand ein Wagen. Er hatte Spuren auf der Wiese hinterlassen – sie führten weg vom Haus. Im Schein des hellen Nachthimmels tauchte Naos am Wagen auf. Ich sah sein schütteres Haar von oben. Die Perspektive war beinahe wie bei den unzähligen Malen, wenn ich im oberen Flur an der Treppe gestanden hatte, während er im unteren Flur zum Essen rief. Als er das nächste Mal an den Wagen trat, trug er Großmutters Leib auf den Armen. Er hievte sie auf die gerade Fläche, die die Hälfte des Wagens ausmachte. Großmutter lag da wie ein nasser Lappen, ihre Arme und Beine standen in unnatürlichem Winkel ab. Alle Lichter gingen aus. Ich verließ mein Zimmer. Ich würde die neuen Orte jetzt erreichen, ohne zu warten, zu folgen, zu funktionieren und zu sterben. Ich würde zum Plejaden-Nebel, zu Electra und Navi gelangen, zu Gemma und Leonis, irgendwie. Was Mutter mir zuvor erzählt hatte, verdrängte ich in diesem Moment völlig. Ich rannte in den Flur – mir stieg ein völlig neuer Geruch in die Nase, den ich später Moos und Tau auf Gräsern und Erde zuordnen würde. Ich rannte die Treppe hinab. Die Tür zur Besenkammer stand offen. Hinter einer weiteren Tür, die aussah wie unsere Wände, blähte sich ein großer weißer Vorhang aus dünnem Stoff zu einer Beule auf. Er schimmerte bläulich in der Nacht, drückte sich in die Kammer und den Flur und bewegte sich wie Haar im Wasser. Einen Moment hielt ich inne. Ich blieb am Treppenabsatz stehen und sah der Bewegung des Vorhangs zu. Dann nahm ich erneut Anlauf und rannte durch den Flur, durch die umgeräumte Besenkammer hindurch, durch den Vorhang, der über mich hinwegstrich wie ein Flügelschlag. Ich rannte eine kurze Treppe aus Stein hinab – sie war kalt und nass an meinen Füßen. Kleine Steinchen bohrten sich in meine Sohlen, ich rannte weiter bis auf die Wiese. Der Wagen war bereits losgefahren, ich sah seine Lichter weiter draußen auf der Wiese und die Wolken, die der Wagen in der Luft hinterließ – wie der Atem, der von meinem Mund aufstieg. Ich spürte die Wiese bald kaum noch unter meinen Füßen, nur an den Beinen, denn die Gräser waren hoch und reichten mir bis über die Knie. Ich rannte, und der Wind hielt gegen mich. Die Luft war kalt wie das Badewasser, in das Mutter mich oft gesteckt hatte, und ich rannte, so schnell ich konnte. Bevor ich den Waldrand erreichte, hatten sich die Lichter des Wagens in der Dunkelheit verloren. Im Laufen drehte ich mich noch einmal zum Haus um. Seine Konturen verschwammen bereits mit der Wiese und dem Wald. Kein Licht brannte, kein Fenster war zu erkennen; die Krone der Eiche bildete einen Schatten über dem Haus. Ich hörte noch die Geräusche des Wagens durch das Rauschen des Waldes, und weil sie schnell leiser wurden, kehrte ich dem Haus den Rücken zu und rannte weiter, bis zum Rand des Waldes. Dort blieb ich stehen und sah an den Bäumen hinauf. Die Stämme waren nicht schmal wie Streichhölzer, wie es vom Haus aus wirkte. Sie waren mindestens so breit wie ich und boten Platz zwischen sich, in den ich genau hineinpasste. Ich hatte nicht gesehen, welchen Weg der Wagen genommen hatte, und zögerte kurz, bevor ich meinen Fuß zwischen die Stämme setzte. Der Boden war trockener als die Wiese und überzogen mit Wurzeln, Steinen und abgerissenen Zweigen. Mit jedem Schritt nahm der Wald mich tiefer in sich auf – ich konnte gerade bis zum nächsten Baumstamm sehen, um ihn herumgehen und auf den nächsten zu. An manchen Stellen musste ich mich durch kratzende Büsche drücken, seitwärts laufen. Die Rinden der Bäume waren rau, an manchen Stellen klebrig, und wenn mich ein Zweig streifte und sich in meinen Haaren verfing, ziepte es, und ich musste kurz stehen bleiben, um mich aus seinen Fängen zu befreien. Der Wind ließ die Äste gegeneinanderschlagen, und manchmal war es ganz plötzlich still, als hielte er inne. Ich konnte nur noch langsam laufen, weil ich mich mit jedem Schritt aufs Neue davon überzeugen musste, dass da kein Loch im Boden kam; dass der Boden mich tragen konnte; dass die Haut meiner Fußsohlen der Beschaffenheit des Bodens standhielt. Immer wieder drehte ich mich um die eigene Achse. Das Haus war längst nicht mehr zu sehen, und ich wusste nicht mehr, in welche Richtung des Waldes ich laufen musste, um es wiederzufinden. Nur wenn ich nach oben in die Wipfel sah, konnte ich ein paar zarte Lichtquellen erfassen.

Eine Weile lief ich in der Erwartung, dass die Bäume mich schon bald wieder ausspucken würden, auf eine Wiese, die Wiese um das Haus womöglich, und dass nach dem Wald der Himmel kam; dass er zu erreichen war wie eine Wand im Haus; dass der Wald in Sand übergehen und dahinter das Meer zu sehen sein würde und Großmutter am Strand auf mich warten und mir eine Kette aus Muscheln umhängen würde. Ich suchte nach dem Geräusch des Wagens, doch ich fand es nicht wieder zwischen all den anderen. Manches Geräusch klang wie ein schreiender Mensch.

Irgendwann drang mattes Sonnenlicht in den Wald. Obwohl der Himmel über mir blau war, blieb es um mich recht dunkel. Ich sah meine eigenen Füße zwar wieder, aber weiter als einige Bäume sah ich nicht.

Ich weiß nicht, wie lange ich in der Erwartung gelaufen bin, etwas anderes als die nächste Tiefe des Waldes zu erreichen. Ich hielt Ausschau nach Gesichtern zwischen den Bäumen, nach Electras Haaren und dem Wagen. Ich rief alle Namen, die ich kannte, in den Wald und erschrak vor dem Echo. Die Bäume standen in manchen Teilen des Waldes schief, als lägen sie im Wind, obwohl kein Hauch mehr ging.

Bald wurde ich ohnmächtig. Ich war es nicht gewohnt, so lange zu laufen, und die frische Luft hatte mich in einen nicht enden wollenden Schwindel versetzt – ein viel stärkerer als der Schwindel, den ich vom Kaffee kannte. Als ich wieder wach wurde, lief ich langsamer weiter, immer tiefer in den Wald. Die Art der Bäume veränderte sich, ich lief mal auf trockenem, mal auf nassem Laub, verblichenen Blättern und Blüten. Ich trug noch das weiße Kleid, das längst schmutzig und zerrissen war. Blätter und Zweige hingen im Stoff, und ich ertastete sie auch in meinen Haaren. Meine Fußsohlen rissen auf, es blutete und ich fror. Anfangs hatte ich den Hunger noch deutlich gespürt, doch jetzt war jeder Appetit vergangen, mir war eher, als müsste ich mich wieder übergeben. Immer wenn es hell war, legte ich unter Schmerzen unzählige Schritte zurück. Mein Blick suchte nach Holzverschlägen, Fenstern, Lichtungen, nach einem Stuhl oder Bett, doch da war nichts. Ich schlief unter Bäumen und kleinen Felsvorsprüngen. Manchmal trank ich schmutziges Wasser aus Pfützen, aß Beeren von Büschen auf einsamen Lichtungen und bekam Krämpfe davon. An einem Morgen wachte ich übersät von Ameisen auf. Sie liefen meine Beine und Arme entlang, waren schnell, und ihre Schritte brannten auf mir. Ich rieb sie ab; sie wurden zu schwarzen Schlieren auf meiner Haut, durchsetzt mit kleinen roten Punkten, die weiterhin brannten.

Einmal wurde ich erneut ohnmächtig. Dreimal bewegten sich größere Tiere in meiner Nähe – ein Reh, ein Hirsch und ein Fuchs. Sie liefen vor mir weg und ich vor ihnen. Dieser Ort gehörte mir nicht, und als ich schon drei Tage gelaufen war und meine Kräfte fast geschwunden waren, erreichte ich steinigeres Gebiet. Der weiche Waldboden wurde zu Steinflächen, der Horizont klar und gerade; ich hatte ihn nie zuvor gesehen. An wenigen Stellen brach wildes Gewächs aus dem harten Boden hervor. Die Luft war wärmer hier und der Geruch des Waldes verschwand; nur noch meine Haut roch danach. Wie ich zuvor über Steine und Stöcke mit den baren Füßen gelaufen war, lief ich jetzt über gerade Flächen – sie bohrten sich nicht in die Wunden, die der Wald an meinen Füßen hinterlassen hatte. Ich tastete weiterhin jedem Schritt voraus; probierte, ob der Boden mich tragen würde, ob meine Haut ihm standhalten würde, und bald hörte ich ein lautes Geräusch hinter mir. Langsam und vorsichtig drehte ich mich um.

Sieben

Es tauchte ein Wagen hinter mir auf. Nicht so einer wie der, in dem Großmutter davongefahren worden war, ein anderer – grün, kantig und hoch. Ich versuchte, ruhig zu bleiben, obwohl ich Angst bekam und am liebsten weggerannt wäre. Meine Kraft ließ es nicht zu. Ich sank in fremde Arme, als seien es die von Großmutter, und wurde in einem Krankenhaus abgegeben. An den Weg dorthin kann ich mich nicht erinnern. Das Einzige, was mir von der Fahrt in Erinnerung geblieben ist, sind die Arme, die mich hielten, und das Ruckeln des Wagens über die Wege. Als ich die Augen in der neuen Welt aufschlug, sah ich eine weiße Zimmerdecke. Sie war durchzogen von weißen Streben, die zwischen sich weiße Rechtecke aus einem anderen, porös scheinenden Material hielten. Ich war allein, und etwas im Raum piepte unaufhörlich. Für einige Tage verließ ich das Bett nicht. Es traten fremde Personen ans Bett, deren Körper und Gesichter höchstens grob denen entsprachen, die ich erwartet hatte – Großmutters hagere, hohe Gestalt und das faltige, warme Gesicht. Taygetas verschmitzte Augen, Großvaters Hakennase und Polars strubbeliges Haar, das ich mir immer feuerrot vorgestellt hatte. Anfangs rechnete ich damit, dass sie mich anzünden würden, weshalb ich mich in den Ecken des Zimmers versteckte, sobald ich in der Lage war aufzustehen. Doch niemand tat mir etwas.

Ich verstand die Sprache, die man hier sprach, doch nicht alle Wörter. Nach zwei Tagen begann ich zu antworten, aber oft konnte ich nur mit den Schultern zucken. Die Stimmen der Fremden drangen von überall zu mir, durch die Wände und Decken, durch Stoffe und Folien, durch Schutzmasken und helmartige Kopfbedeckungen. Sie hallten in meinen Gedanken wider, mischten sich mit Stimmen aus dem Haus, wurden mit den Schritten auf dem Flur lauter und wieder leiser. Ich bekam Spritzen, die mich vor Krankheiten schützen sollten, und den Schlauch, durch den ich ernährt wurde, bemerkte ich erst, als er nach einigen Tagen entfernt wurde. Ich schlief viel und lernte ein neues Wort, das die Fremden häufig verwendeten: *tapfer*. Ich war tapfer, wenn ich eine Spritze bekam, ich war tapfer, wenn Fieber gemessen wurde, und ich war tapfer, wenn ich Fragen beantworten sollte. Als ich immer mehr zu Kräften kam, wandte ich mich im Bett hin und her, damit ich den gesamten Raum stets im Blick hatte. Weiße Wände und ein kühler, glatter Linoleumboden verbargen piepende Geräte, leuchtende Geräte, große und kleine Geräte, das Bett mit seinen weißen Laken, ein Tischchen, einen Stuhl und mich zwischen sich. Alles wirkte kühl, verglichen mit der Wärme im Haus, dem Holzboden und den Gerüchen der Öfen. Mich umgab erneut eine Welt, in die ich nicht hinaustreten konnte. Die Ohnmacht, die ich im Wald kennengelernt hatte, blieb meine Begleiterin. Aus Überforderung wurde mir schwarz vor Augen, noch Jahre nach meinem Verschwinden aus dem Haus.

Im Krankenhausbett stellte ich mir immer wieder vor, wie die anderen auf mein Verschwinden reagiert hatten. Ich sah, wie Naos ins Haus zurückkehrte und achselzuckend feststellte, dass in seiner Abwesenheit jemand abhandengekommen war. In einer anderen Szene rastete er aus und kippte das Feuerholz vor die Besenkammer, damit niemand mehr zum Ausgang gelangen konnte. Ich sah Alrischa an den Fenstern meines Zimmers stehen, das sie aufgesucht hatte, weil sie nicht hatte schlafen können und ich sie in den Schlaf hatte reden sollen. Ihr Blick erkannte mich als hellen Punkt auf der dunklen Wiese, mein Kleid erleuchtet vom Mond – den Rücklichtern hinterher, auf den Wald zu, über mir Sternennebel, und meine offenen Haare wehten im Wind. Ich stelle es mir vor wie eine matte Fotografie, Schichten von dunklem Blau; hell nur die Sterne und mein Kleid; eine Fotografie, auf der jede Bewegung sichtbar wird, obwohl das Bild feststeht.

Ich malte mir aus, wie Mutter vom Wohnzimmer aus Naos sah – als er zurück zum Haus lief – und es ihr wie Schuppen von den Augen fiel, so wie mir einige Nächte zuvor; und wie sie sich erneut auf die Wiese wagte. Andere Male stellte ich mir vor, wie Alrischa an meiner Hand rannte; die Treppe hinab, durch den Flur und die Besenkammer und den Vorhang bis auf die Wiese, in den Wald, immer weiter, bis Alrischa japste: »Halt an, Maia, halt an. Ich kann nicht mehr.« Oder wie Mutter sich allein im Bad den Arm aufschnitt, weil ich sie nicht mehr im Haus und von Gemma und Leonis fernhielt. In meiner Vorstellung bekam Wega von all dem kaum etwas mit, weil ihr Blick in den Sternen festhing und sich nicht mehr lösen ließ.

Wenn es zum Mittagessen Kartoffelbrei gab, stieg mit dem vertrauten Geruch das Bild in mir auf, wie die anderen, jetzt ohne mich und Großmutter, um den Tisch saßen, sich mit dem Klirren eines Glases für die Geschichte erhoben und danach wieder setzten. Bevor ich aß, sagte ich mir selbst eine der Geschichten auf, aber ich erzählte sie mir anders, als sie im Haus formuliert worden waren. Ich verlegte sie in den Park vor den Fenstern des Krankenhauses, in den Wald, durch den ich tage- und nächtelang geirrt war, und in die Welt, die ich mir vorstellte, wenn ich an eine Zeit nach dem Krankenhaus dachte.

Wenn in den anliegenden Zimmern etwas auf den Boden aufschlug, versetzte mich das Geräusch in das letzte Fest zurück; als erst Alrischa und dann Großmutter auf den Boden des Wintergartens aufgeschlagen waren. Die Welten mischten sich, und oft nahm es mir den Atem und die Kraft, und ich fiel in langen Schlaf.

Die Ermittlungen setzten am Tag nach meinem Auftauchen ein, doch ich konnte den Polizisten bei ihrer Suche nach dem Haus kaum weiterhelfen. Ich wusste nicht, woher ich kam oder wohin ich ging. Bald begann ich die immer gleiche Antwort zu geben: »Unser Haus liegt mitten auf einer großen Wiese, an deren Rändern der Wald steht wie eine Wand. Von den Fenstern meines Zimmers aus konnte ich fast nur Himmel sehen. Keine Straße, kein Pfad oder sonst etwas, das einen daran erinnerte, dass die Welt größer ist als das Haus und was man von ihm aus sehen kann. Es gibt an diesem Ort den Tag, es gibt die Nacht und dazwischen die Dämmerung. Der Tag hat eine hellste Stunde und die Nacht eine dunkelste, doch im Haus verlaufen klare Linien zwischen den Dingen. Es gibt Schwellen zwischen Räumen, Stellen, auf die Licht fällt, und Stellen, die im Schatten bleiben, Linien auch zwischen Zeitfenstern, Mahlzeiten und zwischen dem Haus und der Wiese.«

»Kannst du dich an deinen Nachnamen erinnern?«

»Nein, Maia, sonst nichts.«

»Kannst du dich an Menschen erinnern, die nicht im Haus gewohnt haben, aber manchmal da waren?«

»Nein, es gab niemanden außer uns.«

»Und als du dich noch mal umgedreht hast, stand da am Haus eine Nummer neben der Tür?«

»Ich weiß es nicht mehr.«

*

Nach dem Krankenzimmer kam ich in ein Heimzimmer, das ich für unzählige Tage nicht mehr verließ. Es hatte hellgraue Wände, die ich bald begann, wie Papier zu verwenden, und mit Buntstiften anmalte. Ich malte Gräser, die aus der Fußleiste wuchsen, und Schwalben, die darüber schwebten. Ich malte eine Tannenfront und darüber die Sterne. Mein Bett war klein und knarrte, wenn ich mich darin bewegte. Das Knarren des Bettes klang wie das Geräusch, das der Holzboden im Haus machte, wenn jemand die obere Etage entlanglief. Im Heimzimmer gab es lauter Spielsachen aus Plastik und Bücher aus Pappe. Ich verstaute sie ordentlich in einem Regal, das gegenüber von meinem Bett stand, und holte sie selten heraus. Es gab einen Bären aus Plüsch, eine Raupe aus Holz und bunte Jo-Jos, doch keine Electra. Von den Fenstern meines Zimmers aus beobachtete ich ein Haus aus Backstein mit einem grauen Dach und einer weißen Eingangstür zur Straße hin. Die Tür hatte ein Muster aus milchigen Glasdreiecken, und die Fenster des Hauses hatten weiße Rahmen und graue Rollläden, die bei Dunkelheit geschlossen wurden, als machte das Haus alle Augen zu. Vor dem Haus befand sich ein weißer Gartenzaun, er umsäumte ein Beet, eine blaue Bank und ein paar Büsche, in denen Lichterketten hingen, sobald es Dezember wurde. Neben dem Haus war auf der einen Seite eine Garage und auf der anderen ein hoher Baum. In ihm hingen dicke Ballen aus Zweigen, und im Frühling verschwanden die Vögel darin. Über dem Haus stand an manchen Tagen der blaue Himmel, an anderen zogen Wolken über das Dach hinweg, die aussahen wie Tiere und Gesichter. Manchmal fiel Regen auf das Dach, Frost legte sich darauf, oder Schnee blieb nachts liegen und fiel tags angetaut vor die Haustür. Fünf Tage in der Woche kam ein Mann mit einem roten Auto aus der Garage gefahren, und kurz darauf liefen drei Kinder mit Schulranzen durch den Vorgarten. An der Straße hielt ein Bus; alle zwanzig Minuten ruckelte es, wenn der Bus kam und wieder abfuhr. Er sammelte die Kinder morgens ein und spuckte sie wieder aus, wenn es nach Mittagessen roch.

Ich kam nie in eine der normalen Familien, denn ich lernte, dass man nicht nur im Haus gern unter sich blieb und nur hineinkam, wer schon immer dort gewesen war. Es gab Tage, da verließ die Familie das Haus gegenüber nicht.

Jeden Tag zu den Mahlzeiten kam Alma mich im Heimzimmer besuchen. Sie stellte sich als meine Betreuerin vor. Sie drehte ihre Haare um einen Finger, wenn sie eintrat und fragte, ob sie sich zum Essen zu mir setzen dürfte. Es wirkte, als wäre sie aufgeregt, jedes Mal, wenn sie das Zimmer betrat. Anfangs erschreckte ich mich, wenn ich sah, wie die Türklinke sich senkte, oder wenn ich hörte, dass vor der Tür jemand auftauchte. Doch immer war es Alma. Alma beruhigte mich, und bald nannte ich sie *meine Alma*, denn sie ist seitdem geblieben. Von Alma lernte ich neue Wörter. *Glühbirne. Schule. Spiegel. Geschlechtsverkehr. Fernseher.* Die Wörter, die ich schon kannte, wurden mit Bildern verknüpft, die Alma mir zeigte, von *Eiswüste. Bären. Küsten. Sand.* Ich lernte, einen Lichtschalter zu bedienen, und dass ich immer um sieben aufstehen soll, nur am sechsten und siebten Tag nicht; danach beginnt alles von vorne. Ich war an einem Montag der Försterin in die Arme gefallen, an einem Montag ins Krankenhaus gekommen, an einem Mittwoch wach geworden, und an einem Freitag hatte ich mein Heimzimmer bezogen.

Nach mehreren Wochen verließen Alma und ich gemeinsam das Zimmer für ein paar Schritte, jeden Tag einer mehr als am Tag zuvor. Ich fragte jede Person, die mir begegnete, ob sie Mira mit dem Hut kannte oder Leonis, der die heiße Wüste erkundete, oder ob ihnen schon einmal jemand zugelaufen war so wie ich, die Navi hieß oder Polar. Sie schüttelten nur die Köpfe und wunderten sich über mich. Ich lernte, dass man nicht zu den Sternen laufen kann; dass es aber Astronauten gibt, die im Grunde das tun, was Polar in ihrer Geschichte tut, ohne zu verglühen. Ich lernte, dass Wolken aus Wasserdampf sind und dass sie sich bilden, wenn warme, feuchte Luft auf Kälte trifft – wie Atem auf einen Wintertag. Ich lernte, dass man durch die Wolken hindurchfliegen kann, dann aber längst nicht am Himmel angekommen ist, denn darüber kommt nur ein weiterer Himmel. Ich lernte, dass man Lebensmittel, in denen Motten leben, wegschmeißt und eine Falle aufhängt, an der die Motten kleben bleiben und sterben. Ich lernte, dass es nicht nur im Haus eine Antwort auf fast alles gibt und dass man sie oft nicht ganz begreifen kann. Ich lernte, dass es Passagierflugzeuge gibt und man damit in den Urlaub fliegt, ich aber noch nie und Alma auch nicht, denn sie hat Angst vor dem Fliegen. Sie zeigte mir Fotos von Flugzeugen, reckte ihren Finger, wenn eines am Himmel flog, und ich bemerkte, dass ich von den Fenstern des Hauses aus schon welche gesehen und für Vögel gehalten hatte, die weit weg waren und kaum zu erkennen. Tatsächlich sei ein Flugzeug riesig und es passten viele Menschen hinein, erklärte Alma mir. Es gebe eine Pilotenkabine, dort sitze der, der das Flugzeug bediene, und die Passagiere wären in einem Aufenthaltsraum mit engen Sitzen und Toiletten, manchmal mit Schlafplätzen und mehr Beinfreiheit, je nachdem, wie viel Geld man habe.

Wenn Alma mich ins Bett brachte, erzählte sie mir Geschichten, so wie Wega, doch Alma musste sie ablesen. Meine Lieblingsgeschichte war die von einem Mädchen, das so stark war wie niemand sonst. Es konnte sein Pferd hochheben und hatte einen Affen. Es lebte allein in einem Haus, der Vater war weit weg und die Mutter schon tot. Aber es erlebte Abenteuer mit seinen Freunden, sie fuhren auf Fässern reißende Flüsse hinab, schnitten die Spaghetti mit einer Schere ab, und manchmal bekam das Mädchen Briefe vom Vater. Alma hatte eine sanfte Stimme, und wenn sie fertig gelesen hatte, deckte sie mich zu. Manchmal hörte ich noch leise Musik, die Alma für mich ausgewählt hatte, *if you see my reflection in the snow covered hills*, während ich in die Träume sank, *well, the landslide bring it down.*

Nach dem *Aufpäppeln*, wie Alma es nannte, fuhr ich mit der Försterin, Alma und einer Polizistin über die Straßen rund um den Ort, an dem die Försterin mich gefunden hatte. Ich schaute die Bäume an, einen nach dem anderen, während die Polizistin ganz langsam fuhr. Ich spürte den Motor unter mir vibrieren, Landstriche krochen an den Scheiben vorbei, und sie fragten: »Erkennst du etwas?« Doch immer musste ich den Kopf schütteln. Manche Bäume ähnelten denen, die um das Haus standen. Die Polizistin flüsterte mit der Försterin und notierte *Weißtannen* auf einem Block. Ich sah kein Haus, das einen zugewachsenen Wintergarten hatte, schmutzige Fenster ohne Gardinen oder einen Schornstein, aus dem unaufhörlich der Rauch der Öfen aufstieg, ein Hauch Teig darin. Kein Ort roch wie das Haus. Ich erkannte keine Kopien der Möbel oder Texturen, immer nur Dinge, die dem Haus nahe kamen und doch ganz anders waren.

Einmal saßen wir am frühen Abend vor dem Fernseher. Alma hatte ihn kurz zuvor besorgt, denn sie wollte mir zeigen, wie Astronauten reisten und wie mehrere Jahrzehnte vor meinem Auftauchen jemand auf dem Mond gelandet war. Auf dem Bildschirm sah ich, wie Raketen mit einem mächtigen Feuerschweif senkrecht in den Himmel starteten. Ich sah Menschen in dicken weißen Anzügen mit einer Glaskuppel vor dem Gesicht. Es erinnerte mich daran, wie die Fremden im Krankenhaus anfangs mein Zimmer betreten hatten. Die Menschen auf dem Bildschirm schwebten in den engen Räumen, als wögen sie nichts. Ich sah Aufnahmen der Erde von weit weg, sie wirkte beinahe wie ein Globus, aber frei schwebend, die Sicht von Wolken unterbrochen, die sich kräuselten.

»Das ist der Himmel von oben! Man kann wohl über den Himmel, wenn man lange fliegt und schnell genug ist«, stellte ich fest, und Alma lachte. »Mit einem Raumschiff schon, ja«, antwortete sie. »Mit einem Passagierflieger geht das aber nicht.«

Wir sahen weitere Aufnahmen an, grau und unscharf. Ein paar Gestalten stiegen eine Trittleiter herunter, sprangen als Schemen auf der Oberfläche des Mondes herum, schlugen Mondgesteine heraus und hinterließen die Fahne der Vereinigten Staaten. Es gibt Leute, die sagen, es sei nie passiert. Weil die Fahne im Wind wehte und es im Weltall keinen Wind gebe und danach nie wieder jemand dort gelandet sei. Real sahen die Aufnahmen für mich nicht aus, aber Alma sagte: »Weil etwas nur einmal passiert ist oder nur die als Zeugen hat, die selbst dabei waren, heißt das nicht, dass es nicht passiert ist.«

Nachts träumte ich vom Haus, und manchmal sprang einer der anderen aus dem Haus heraus. Alrischa saß mit Alma und mir vor dem Fernseher oder Naos verließ das Backsteinhaus vor meinem Heimfenster. Mutter fuhr mit dem roten Auto weg und Wega saß im Bus, las eine Zeitung mit einer Brille auf der Nase, und wenn sie aus dem Fenster zu mir heraufsah, erkannte sie mich nicht mehr. Immer wenn ich eine Mahlzeit zu mir nahm, stellte ich mir vor, wie sie zu viert und mit einem Baby um den Tisch im Wintergarten saßen, auf Hafer, Kartoffelbrei und Brot kauten, die frische Luft vor den Fenstern nicht ahnten und nur Naos durch das Gras schritt, um Alrischa einen neuen Gegenstand zu bringen und die Vorräte zu beschaffen. Ich dachte daran, wie Mutter Tag um Tag Briefe schrieb, sich ausmalte, an welchen Ort sie nach ihrem Selbstmord kommen würde, und hoffte, Leonis und Gemma dort zu sehen.

Ich fragte mich, ob sie nun auch hoffte, mich dort zu sehen, und ob auf manchen Umschlägen *Maia* stand.

Wenn heute der Nachthimmel transparent ist, Neumond herrscht und ich die Milchstraße ganz deutlich sehen kann, dann trete ich hinaus und laufe, bis ich nur noch Himmel sehe. Keine Dächer, keine Straßen oder Lichter, nur Feld, Weg und Himmel. Dann denke ich an das Haus und wie ich dort aufgewachsen bin; stelle mir vor, wie es mich zwischen seinen Wänden verbarg und von einer ganzen Welt fernhielt. In der es Eiswüsten gibt und Bären; Wälder, in die man hineinlaufen kann; in der Pferde geritten werden und Kamele, und doch alles, was mir darüber erzählt wurde, nur eine Geschichte geblieben ist. In der Rehe leben und ich dennoch nie eins berührt habe. Aber am Meer war ich, geritten bin ich, viele Tiere habe ich gestreichelt und unzählige Briefe an Großmutter schreibe ich; warum sie dabei geholfen hat, mich im Haus zu halten; wieso sie den Schnitt angesetzt hat; und dass ich am Meer war, schreibe ich ihr, sie aber nicht.

*

An einem Mittwoch holten Polizisten Alma und mich beim Heim ab und brachten uns zum Flugplatz. Sie hatten einen *dringenden Verdacht*, und Alma hatte mit mir ein Wort ausgemacht, das ich aussprechen sollte, wenn ich in Panik geriet – *Stopp.* »Dann brechen wir direkt ab«, hatte sie gesagt und dabei allen Menschen, die eine Uniform trugen, streng in die Augen geschaut – einem nach dem anderen. Wir bestiegen einen von drei Hubschraubern, und Alma knibbelte wie verrückt an ihren Nägeln. Sie atmete tief ein und aus, und ich bekam das Gefühl, dass Alma das Codewort selbst brauchen würde. Als wir zum Hubschrauber gelaufen waren, hatte ich bemerkt, dass ich schon einen gesehen und ihn ebenso wie die Passagierflugzeuge für einen merkwürdigen Vogel gehalten hatte. Einmal hatte ich versucht, Alrischa einen Hubschrauber-Vogel zu beschreiben, doch sie hatte nur gelacht und mir nicht geglaubt. Als wir abhoben, wurde Alma kreidebleich. Die Stadt unter uns wurde klein und der Himmel immer größer. Die Gebiete voller Häuser gingen in Felder über, und die Felder wurden zu Wäldern, die bald wie ein Moosteppich unter uns lagen. Manchmal wurde er von Lichtungen unterbrochen, doch nirgends war ein Haus zu sehen. Die Bäume standen wie bedrohliche Spitzen unter uns. Sie würden uns aufspießen, wenn der Hubschrauber sich nicht mehr hielt. Alma hatte die Augen geschlossen – sie stellte sich bestimmt vor, wie die Tannen durch den Hubschrauber stachen, wie Gabelzinken durch eine Kartoffel, doch ich wollte nicht wegsehen. Ich hatte noch nie etwas von so weit oben gesehen. Die Tannen unter uns wiegten sich im Wind, und es beruhigte mich, dem Wiegen zuzusehen, denn ich kannte diesen Anblick von stillen Tagen, von den Fenstern meines Kinderzimmers aus. Als wir schon beinahe eine Stunde geflogen waren, senkte sich der Hubschrauber, und die Pilotin sorgte dafür, dass ich aus dem Fenster mitten auf eine große Lichtung sehen konnte. Und dort war es. Das Haus lag mitten auf einer Wiese, genau wie in meiner Erinnerung, die sich schon zu diesem frühen Zeitpunkt unter dem Gewicht von all dem Neuen zu verformen begann. Auf dem Dach des Hauses fehlten einige Ziegel, die vielleicht der Wind weggetragen hatte, als seien sie Blätter. Ich erkannte den Wintergarten und die Eiche neben dem Haus. Ich sah die Wiese, die sich wie ein See unter dem Druck der Propellerflügel bewegte, und ich sah dicken Rauch, der aus dem Schornstein stieg.

Danksagung

Mein erster und vielleicht größter Dank gilt Zoë Martin – für das frühe Verstehen dieses Romans; für die Ermutigungen, weiterzuschreiben; und vor allem für deine treffenden, klugen Lektorate, die jeden meiner Texte schließlich so viel näher an das bringen, was er sein will.

Ich danke außerdem Jule Tautz und Mimi Wulz von der Elisabeth Ruge Agentur – für eure anhaltende Unterstützung in einem langen Warten – und meiner Lektorin Heide Kloth – für das Ja zum Text zur genau richtigen Zeit und wichtige Schritte im Lektorat.

Ich danke auch Simon Roloff, Annette Pehnt und Stephan Krass für die produktive Unterstützung dieses Romans und anderer Texte während meines Studiums am Literaturinstitut Hildesheim.

Ein weiterer Dank gilt meiner Oma und meiner Mama. Die Literatur verbindet uns miteinander, und ich weiß, dass ihr euch über dieses Buch so sehr freut wie ich mich selbst. Und ich bin froh, dass ihr nicht die realen Vorlagen für die Mutter und die Großmutter in diesem Roman seid – ihr sicher auch.

Playlist

Moon River – Audrey Hepburn

Rocket Man (I Think It's Going To Be A Long, Long Time) – Elton John

Walking On The Milky Way – Orchestral Manoeuvres In The Dark

Life On Mars – David Bowie

Aquarius/Let The Sunshine In – The 5th Dimension

Landslide – Fleetwood Mac